收集幸福

王继怀 著

南方出版传媒
花城出版社
中国·广州

图书在版编目（CIP）数据

收集幸福 / 王继怀著. -- 广州：花城出版社，2022.1
　　ISBN 978-7-5360-9545-8

　　Ⅰ. ①收… Ⅱ. ①王… Ⅲ. ①随笔－作品集－中国－当代 Ⅳ. ①I267.1

中国版本图书馆CIP数据核字(2021)第273887号

出 版 人：	肖延兵
策划编辑：	张　懿
责任编辑：	陈诗泳
技术编辑：	凌春梅
封面设计：	姚　敏
内文设计：	萨福书衣坊 SAFU BOOKSTORE bookd@163.net
书　　名	收集幸福 SHOUJI XINGFU
出版发行	花城出版社 （广州市环市东路水荫路11号）
经　　销	全国新华书店
印　　刷	广东鹏腾宇文化创新有限公司 （广东省珠海市高新区科技九路88号七号厂房）
开　　本	880毫米×1230毫米　32开
印　　张	10.375　2插页
字　　数	212,000字
版　　次	2022年1月第1版　2022年1月第1次印刷
定　　价	48.00元

如发现印装质量问题，请直接与印刷厂联系调换。
购书热线：020-37604658　37602954
花城出版社网站：http://www.fcph.com.cn

目 录 Contents

有朋自远方来

听　雨　003

传　递　006

邵阳米粉　010

故乡的冬天　013

有朋自远方来　016

故乡的春笋　020

球　拍　024

人生如点灯　029

充满诗意的采摘　034

想起坐船　038

信　任　042

金樱子酒　046

故乡的楤木　050

054	善良的选择
058	三思而择
060	懂得事有回音
062	父亲的犁田哲学
064	别忽略了身边
067	月下听鼾声
071	又到油菜花开时
074	卖菜哲学
077	母亲心中的路

|他乡成故乡|

083	又见木菊花
087	一棵杨梅树
092	故乡的野百合
097	第一次做生意
100	灶屋里的家教
103	故乡的茅草
107	收集幸福
110	手写的贺年信
112	故乡的端午节
116	快递里的年味

父亲的老玉烟斗　119
为家乡写诗　123
善溪江的水　126
凤凰最美在清晨　131
想起草药　134
自知之明　138
漂溪界的记忆　141
故乡的夏夜　145
在城里有块菜地　148
他乡成故乡　151
记忆中的村小　155
乡愁是最诗意的风景　160

生活需要诗意

到大山里野餐　167
西藏的韵味　171
帮人就是帮己　174
再到浮桥　178
想起那头黄牛　182
希望的力量　186
预定希望　190

192	敢于断舍离
194	记忆中的过年
198	最好的状态
200	家乡的老梨树
203	欣赏你的工作
205	生活需要诗意
207	懂得感恩
211	懂得麻烦邻居
214	生活需要辩证法
217	路过西安
221	把喧闹声当成音乐
223	含泪的微笑
227	饼是故乡醇
230	买而不用的浪费
232	掬水月在手
234	用好你的善意
236	晒太阳
239	按自己的节奏去跑
242	学学"近视眼"
244	吃饭须辣椒

| 笑着迎接每一天 |

看　云　251

山乡巨变　255

手扶犁耙眼向前　258

好话也要好好说　261

换个角度　264

童谣里的记忆　267

改变人生的评语　271

英雄树下　275

敢于把困难说出口　278

水是故乡甜　281

活得有张有弛　285

梅兰豆腐　288

说理是个技术活　292

真正的教育　295

向孩子道歉　298

有人牵挂你　301

懂得遗忘　303

不当"好好先生"　305

学会拒绝　307

"跳出"自己看自己　309

生活需要感动　311

313　要把心动付诸行动

315　各美其美

318　笑着迎接每一天

320　读写想（后记）

有朋自远方来

YOU PENG
ZI YUAN FANG LAI

听 雨

静坐在书桌前,窗外正下着雨。听着雨打篷的声音,听着这温馨而又富有诗意的雨声,我的思绪又回到了久别的故乡,耳畔响起了儿时大山里的雨声,想起了一个个关于听雨的故事。

记忆中,大山里的老家是经常下雨的。雨后的山村也是非常美丽的,像一幅水墨画。小溪里的水涨了,村子里的池塘满了。雨后山间草木新,空气也变得格外清新,一阵清风吹来,泥土散发出沁人心脾的芬芳,令人心旷神怡。

微风细雨中,我常赤着脚,斗笠也不戴,漫步在田野,任凭雨淋着,享受着雨中的这份惬意。母亲发现后,必教育我一番,但再遇微风细雨,我会依然如故。

记忆中,我最喜欢的还是下雨天坐在屋檐下,看着如诗如画的山村雨景,静静地听着大山里别具风情的雨声。老屋顶上的黛色瓦片,长满青苔的橡子,群山环抱的小山村,都被山间云雾缭绕着。空中飘落着雨丝,活泼可爱的小燕子在雨中穿来穿去,用那剪刀似的尾巴剪断大山里的这挂雨帘。闭上眼睛,静静地听着雨打芭蕉,雨敲房顶,雨击田野,雨落池塘……时大时小,时缓时急,时断时续,时高时低。听其声,听其调,听其韵,让心灵随着雨声的节奏一起飞舞。我就这么静静地赤着脚坐在屋檐下,感受着大山里雨的气息。

自古以来,文人墨客留下了很多关于听雨的名篇佳句。宋代大诗人陆游独自一人,在夜深人静时,伴着一盏昏灯,听着雨声写下了"晚窗又听萧萧雨,一点昏灯相对愁"的诗句;南宋词人竹山先生用听雨概括自己的一生,从少年、壮年一直写到老年听雨,《虞美人·听雨》中,"而今听雨僧庐下,鬓已星星也。悲欢离合总无情,一任阶前、点滴到天明",写尽了他难以化解的愁思。

关于听雨,我又想起那年在西班牙马德里与一位华侨交谈的故事。这位华侨是我的同乡,他得知我来到西班牙,特意到宾馆来找我,与我聊了很久。他说他到马德里已经20多年了,已经习惯了此地的气候水土、生活风俗,熟悉了当地的风土人情,也已把马德里当成了自己的第二故乡。随着年龄的增长,思乡之情却愈来愈浓,只要有家乡人来马德里,他知道了都会来见一见,聊一聊。这位华侨说,他小时候在老家就特别喜欢听雨,有一年回老家正好碰上下雨,他就掏出手机录了一段雨声。回到马德里后,他常把这段在家乡录的雨声放给自己听,每次听着这富有节奏和韵律的雨声,他仿佛回到了童年在老家听雨的那段难忘的时光,回到了万里之遥的故乡。

在繁华的都市,在这夜深人静的时候,推开窗,听着雨声,那一个个关于听雨的故事又浮现在我的脑海。今夜,我听的是雨声,更是听来自家乡的浓浓乡愁。

(原载2021年5月22日《南方日报》,选为天津市2021年中考语文试题现代文阅读题,被《散文选刊》《意林》杂志等转载)

传　递

　　那是一个寒冷的冬天,我在家乡县城的一所中学念高一。那时候,我们村没有通公路,从学校回家,先要坐车到乡里,然后再走30多里山路。念高中那段日子,我一般是要等到放寒暑假才回家的。那是11月底,因为要取钱,我不得不中途回趟家。那天上午上完四节课,我就往家里赶,车子到乡里时已是下午5点了。

　　由于没伴,下车后我只好一个人快步往家里赶。那天天空飘着雪花,天格外冷。连绵起伏的大山,一座挨一座。我在寂静的深山里走着,为了给自己壮胆,我一路上在心里背课文。在荒山野岭中我走走停停,停停走走,不知不觉就走了20多里山路。

因为是冬天,天黑得也格外地快,走着走着光亮一点一点地收起,天色暗下来了,我在大山里走着,仿佛进入了一个黑绒绒的布袋里。那时,我身无分文,也没有手电筒,为了赶上回乡里的那趟班车,中午没有吃饭,走了这么远的路,很疲累,也很饿,两条腿又酸又麻,有点走不动了。我有点胆怯,有点着急,山里不时传来猫头鹰诡异的叫声,令我毛骨悚然。突然,一只黄鼠狼从我跟前闪过,吓出我一身冷汗。

夜深人静雪纷飘。当我走到一个离家里还有六七里路的山坳坳时,看到了不远处忽明忽暗的灯光,那束灯光给了我力量,我突然想去那户人家讨点东西吃,立刻觉得身上有了热力,腿也有劲了,快步往那户人家走去……

快走到屋前时,我又犹豫了。我想,这户人家不认识自己,凭什么会给一个陌生人东西吃?

走到那户人家门前,门是关着的。站在门前,静了一会儿,深吸了一口气,我敲响了那扇门。

门开了,我的心也跟着怦怦地跳。

开门的是一位60多岁头发花白的老奶奶。一位普通的中年妇女和一个10岁左右的男孩站在她身后。

"我可以到您家……喝……碗水吗?"我满脸通红,甚至红到脖子上。

"行啊,元宝,给这位哥哥倒碗水。"老奶奶慈祥的脸上带着微笑,让她的孙子去给我倒水。

听到喊声的孙子,抬头瞥了我一眼,应声回答道:"好嘞!

奶奶。"小男孩麻利地给我倒了一碗水来。

我接过碗,把水喝了。

"后生,你要去哪里?"老奶奶问,她看出我还不想走。

"我是山羊溪的,在县城读高中,要回家去取生活费。"

"妈,他是不是太饿了,我们给碗饭他吃吧?"中年妇女在老奶奶耳边轻声说道。

"你没呷饭吧,要不到我屋里呷碗饭?"老奶奶立刻领悟,笑容满面地对我说。

我不好意思地点了点头,跟着老奶奶进了茶屋。茶屋里摆设很简陋,这是一户普通的山里人家。山里人的茶屋既是饭厅也是客厅,山里人来了客或一家人吃饭聊天都在这里。老奶奶让我坐在茶屋的火塘边,用铁锹把木炭火扒开,露出红红的炭火,我立刻感觉身子暖和多了。这时,中年妇女从菜橱里端来一碗干红辣椒炒的腊肉,给我盛来满满的一大碗米饭,并一个劲地说读书人挺辛苦,要我多吃点。那天晚上,可能是我太累太饿的缘故,一大碗腊肉和满满的一大碗米饭被我划拉得一干二净。当吃完最后一口饭时,猛然意识到怎么一下就把别人的菜全部吃完了,想到这里,脸"轰"的一下又红了。旁边站着的中年妇女还要去给我盛饭,我实在不好意思,一下子站了起来,连忙道谢。

吃完饭后,好心的主人给我弄来杉木皮火把,要她儿子点燃后送我一程。从那户人家出来,尽管天空还在飘着雪花,寒风冷冽,我身躯疲惫,但心里异常温暖,我对那户人家充满了深深的敬意。

回家后,我将这事告诉了父母。我不识字的老实巴交的做农民的父母没有给我讲太多的大道理,父亲只说要我记住这户人家,要记住别人的恩情。母亲要我像那天那样有勇气,不要被害羞犹豫耽误了自己。

时光流逝,年复一年。后来哥哥、妹妹和我都相继大学毕业离开了那个小山村,都在城里有了工作,安了家,但那顿饭和父母的教诲我一直牢记在心。

后来我的家乡通了水泥路,我回家不必再经过山里那户人家了,但每年回家陪父母过年,我都要去山里那户人家问候走走,或带点城里的礼物。我牢记也要去帮助别人,在街上、在路边看到乞讨的人,我总要给他们一些零钱,有时也知道有些是职业乞讨,甚至被朋友批评过多次,我却依然如故。

有一次,在火车站给一位被偷了所有财物的年轻人一百元作为车费,那青年执意留下我的地址,半个月后,给我寄来了一百元和一封感谢信。

在给青年的回信中,我把山里的故事告诉了他。写完信,窗外阳光明媚,清风送来沁鼻的花香……

[原载2018年12月4日《羊城晚报》,被广东、北京、重庆、河南、河北、安徽、宁夏、西藏、湖南、湖北、江西、浙江、山西、陕西、甘肃、四川、青海等20多个省(市、区)选为省级或一些地方的中考模拟考试等语文试题现代文阅读题]

邵阳米粉

周末去郊区,在路边看到一家邵阳米粉店。也许是很久没有吃到邵阳米粉的缘故,我不由自主走进店里,点了一碗漂着红红辣椒油、辣味扑鼻的邵阳米粉。虽吃得大汗淋漓,但觉得吃这热辣爽口的米粉是一种享受。

湖南省邵阳市古称宝庆,是一座有着2500多年历史的古城,我在这座湘西南的城市里生活了很多年。在我的印象中,这里的人都喜欢吃米粉。有人说:"湖南喜辣,首在宝庆。"在邵阳,凡是吃的东西似乎都与辣椒沾点边,人们宁可不吃肉,不可不吃辣。据说,邵阳人平均每人每年要吃掉10公斤辣椒,足见邵阳人对辣椒的痴迷程度。

邵阳米粉是一种用纯米制作的圆粉，比一般的米粉要粗，像出水白龙，筋力极好。粉面上的菜，称之为"臊子"。"臊子"有很多种，比如大片牛肉、牛百叶、肥肠、排骨、豆腐木耳……在这些之中，豆腐木耳是最实惠的。在邵阳，米粉店遍及城市的每个角落。记得第一次吃邵阳米粉，看到这漂着一层红辣椒油、辣味呛鼻的胖胖的米粉，我还不敢吃。没想到，后来大胆一尝，我竟然就爱上它了。

邵阳人的一天是从一碗米粉开始的。每次晨练回来，上班之前，我都会走进城北路的一家米粉店，找个座位，坐下，点碗大片牛肉或是豆腐木耳做臊子的米粉。服务员接过单，迅速在碗里放好佐料，把米粉放进滚烫的水锅中，几分钟后捞出，放进碗里，再从另一个锅里舀一瓢红红的辣椒油盖在上面，紧接着大声地叫了一声单号，我立马上前端着做好的米粉，再在碗里加点葱，或者香菜……回到座位，用筷子熟练地搅拌开，立马趁热吃了起来，吃得特别爽口，特别舒服。一碗米粉下肚，一天都是美美的心情。

如今，尽管我已经离开邵阳很多年了，但始终忘不了邵阳米粉留在舌尖上的那种感觉。因为惦记，所以关注。我时常还会打开邵阳的新闻网页看一看，看看那里的新闻，仿佛那里的人和事都还近在眼前。

羊城也是一座美食之城，俗有"食在广州"的美誉。周末或者节假日，偶尔会与朋友相邀小聚。每次朋友问我想点什么菜时，我总是客气地答着"随便随便"。尽管嘴上这样说，脑子却也会开小差,眼睛看着菜单上琳琅满目的菜品,心里却想着那碗漂着红红辣椒油、热辣爽口的邵阳米粉,很想来一碗解解馋。我在想,或许这也是离开邵阳多年的我,对这座城市的一种深深眷念。

(原载2021年4月21日《人民日报》,入选学习强国平台)

故乡的冬天

回乡下老家看望父母的哥哥发来飘着雪花的视频,也许是因为久离老家的缘故,也许是在南方沿海工作,多年没见下雪的缘故,视频我看了好几遍,不由得想起儿时在老家生活的情景,想起故乡的冬天。

我的老家在一座大山的深处,四面全是山,高高低低的山,远远近近的山,一眼望去满眼都是数不完的山。故乡的冬天既不像北国冬天那样冰天雪地,也不像我生活的城市,冬天繁花满树、温暖如春。故乡的冬天别具一番风味,有着它独特的韵味。

故乡的冬天是美丽的,冬夏常青的松树、杉树、柏树、竹子穿上了黛绿装;落叶乔木枣树、梨树、梓树被寒风吹得光着胳膊；房前屋后菜园子里的白菜、萝卜、菠菜、大蒜、葱等冬菜一片绿油油，错落有致，生机勃勃；小溪也不结冰，依然哗啦啦地哼着歌欢愉地从村子里流过……要是下雪，那银装素裹的故乡更是一幅美丽的山村淡墨画。

　　儿时的故乡，冬天特别冷，家家户户都用火炉取暖。记得在村小上学时，教室没有玻璃，也从不生火，坐在里面如入冰窖，我们常常冻得手脚都生满冻疮，手握不了笔，脚走不了路。放学回来，我们兄妹第一件事就是去茶屋里的火炉边把生着冻疮的小手伸到熊熊的炭火上，烤得热乎发痒，格外舒服。大山的冬天夜来得早，也特别长，我们写作业或看借来的小人书，在火炉上煨红薯、烤糍粑，听父母讲家族和励志的故事，有时父亲还会从地窖里拿出本是招待客人的好吃的给我们吃。

　　要是碰上天朗气清、惠风和畅的日子，对乡亲们来说那是一种享受，乡亲们三五成群地在晒谷坪里沐浴着温暖的阳光，有时还把热腾腾的午饭端到屋外的太阳底下来吃。

　　故乡的冬天每年都会下几场大雪。一场雪把村子变成了童话的世界。往往先下冰粒子，再是鹅毛般的大雪。大山里的冬夜万籁俱寂，静得连针掉在地上都能听得见，冰粒子那细细碎碎清脆的声音听起来非常有趣。第二天一早，父亲高兴地喊道："孩子们快起床，下雪了！"我一个鹞子翻身起床，打开门一看，一夜的雪使村子全白了，房顶、树枝、小路、田野，都笼罩上一层白茫茫的雪。行人咯吱咯吱地踩在厚厚的雪上，留下一串串脚印，偶有树丫被雪压断，发出清脆的响声。我和小伙伴们开心地在门前的老梨树下堆雪人、扔雪球、打雪仗,雪球乱飞,喊叫不止,那欢乐的叫喊声,把老梨树树枝上的雪都震落下来。

  一进腊月,大人望插田,小孩望过年。那时乡亲们的日子过得很紧巴,孩子们特别盼望过年,过年可以吃到平时很难一齐上桌的鸡鸭鱼肉,能穿上平时没有的新衣服,还有压岁钱。乡村的年味要比城里浓。买年货、磨豆腐、打糍粑、杀鸡、贴对联……春节前几天,家家户户都会杀年猪,主人把刚刚杀的年猪,那冒着热气的猪肉、猪血、猪肝……做成一碗碗丰盛的菜肴,拿出好酒来招待邻居,餐桌上夹菜敬酒,推杯换盏,酒喝了一碗又一碗,喝得大家酣畅淋漓,面红耳赤。乡亲们的话匣子打开了,即使平时邻里之间有点小矛盾的,此时也在酒里融化了,亲情、友情、乡情在酒中升华。过年是一年中村子最热闹的时候,到处都是喜气洋洋的气息,浓浓的年味醉了整个乡村。

  有人说,一杯故土万般情,一种乡俗千年意。故土难忘,乡情难舍,故乡情结作为人类共有的情感之一,是离别故土的人对家乡的一种永恒的情感维系,也是永远激励游子的一种精神力量。我已有十余年未看到雪了,静夜清晨,家人已睡,在电脑前敲下这些文字,儿时生活在故乡的点点滴滴又清晰地浮现在脑海,此时的我真想回到久别的家乡去看一场雪……

  (原载2021年2月2日《中国文化报》,被《文摘报》《小品文选刊》《城市金融报》等转载,被选为2021年中考语文试题现代文阅读猜押题)

有朋自远方来

几天前从湘西南的一座城市来了位老朋友。我们是老交情，但我与他已十余年未见了。他的到来使我想起了在湘西南那座城市工作生活的难忘岁月，使我想起了很多故事，记起了很多人。

因为租房，我与这位大叔一家人认识了。那时我大学毕业刚参加工作，在这座陌生的城市没有房子，也买不起房子，于是我选择了租房。

在反复比较几经周折之后，我找到了这套位于城郊、带厨卫和阳台的两居室。房子虽然有些旧，面积也就五十来平方米，但房子收拾得很干净，让人一看就很舒服。房东夫妇都是附近一家工厂的工人，女儿在省城读大学，觉得房子空着也是空着,于是决定用来出租,还可收点租金供孩子上学。

记得第一次见房东时,是8月的一个上午,天气像秋天河里的水一样明朗。房东夫妇穿戴简朴,但干净整齐,脸上带着微笑,说话细声慢语,很友善,让人感觉很舒服。那天我们很快签了协议,当我拿到房子钥匙那一刻,想到自己终于在这座城市有了一个家,心里像开满了朵朵春花。

德不孤必有邻。我很快就与这家人熟了。因为我工作的地方在市中心,房东夫妇时不时托我从市中心给他们带点东西回来;他们对我也很照顾,因为我一个人住,有时下班晚了没来得及做饭,他们做好了就直接拉我过去吃;有时周末,男房东还会在小院里和我下盘棋,或约我去房子周边的空地里打打羽毛球;偶尔房东夫妇也会去那块我开垦的菜地里捉捉虫,给菜打打枝、施施肥什么的;有时我从老家回来,也会带点家乡的特产让他们尝尝……

有一件事我印象特别深,那年的冬天来得特别早,持续的时间也很长,我穿着皮鞋的脚经常冻得像要裂开似的疼。有一天女房东见了我,微笑着对我说:"寒气从根生,你一个小后生,一个人在外要学会照顾好自己,冬天要穿棉鞋,明天我给你带双棉鞋回来。"第二天下班时,她真给我带回了一双棉布鞋,我要给她钱她却始终不肯收。那年冬天很寒冷,因为穿上了棉布鞋,脚暖和了,感觉那年冬天温暖如春。

后来,我在市中心买了自己的房子,记得搬家的那天我与这家人都很舍不得,房东夫妇还特意为我做了一顿饭,说是庆祝我住进新房。尽管我们不再住在一起，却成了很好的朋友，节假日常有走动。记得我调离湘西南那座城市来广东工作时，这家人还特意去火车站为我送行。

　　来羊城工作后，由于工作忙，我很少回湘西南的那座城市，但这么多年来我每年都会给这家人寄点广东的特产，他们也常会寄点自己做的东西给我，比如猪血丸子、卤豆腐等。节假日我们也常打电话互相问候，甚至还会在电话里聊聊天。这次老朋友来到羊城，我请他吃了广东的特色小吃，与他聊到深夜，看到他快乐时，我心里像灌了蜜似的，倒是让他女儿听后有点小"嫉妒"。

　　见到这位多年未见的老朋友，我又想起了湘西南那座城市的一位乡村教师。知道这位乡村教师，是在一次出差途中，在聊天中当地的朋友给我推介了他。爱好新闻的我利用周末乘坐每天一趟去那个乡里的班车，在凹凸不平的泥巴路上颠簸了几个小时，然后又走了十多里的崎岖山路，来到这位教师任教的山村小学。我含着泪采访了这位乡村教师，听学生和学生家长讲述他一个个感人的故事。采访完后，我熬夜写成了通讯稿发给当地的日报编辑，没想到一天之后稿件在头版的位置刊了出来，社会反响很好，紧接着这位教师先进事迹的稿件又在多家省级以上媒体的显要位置刊发。那年教师节这位乡村教师被评为省级优秀教师，再后来这位教师被评为了全国模范教师。

　　我清晰记得有一天我正在忙着，这位乡村教师来到我办公室，他说特意从乡里赶过来，为的就是能当面真诚地向我说一声

"谢谢"。当我听到这些时,我感动了,眼里噙着泪花。那天我请这位乡村教师吃了午餐,然后给他买了回程的车票,去车站把他送上了回乡下的班车。此后,我们成了很好的朋友,他常打来电话和我聊村里及学校的发展情况,感觉每次都很开心,每次都会有新的变化,比如村里通了水泥路,学校新修了教学楼,添置了电脑……特别是每年春节他都会从乡下给我寄来自制的贺年卡,每次接到电话,收到贺卡,看到他亲笔书写的新年祝语,都让我很感动,幸福的暖流会一股股涌上心头。

有人说世间最美的是你的爱心和有人爱你。人们对幸福的诠释因各自对幸福的感受和体验而存在差异,有人因获得了财富而幸福,有人因获得了知识而幸福,有人因获得了情爱而幸福,而我却因别人快乐而幸福,那就是快乐别人幸福自己。

子夜,家人已睡,我在电脑上快速敲下这些文字,推开窗,醇美清甜的微风一阵阵吹来,拂到脸上,格外舒服……

(原载2019年11月19日《羊城晚报》,入选漓江出版社《2020中国年度精短散文》)

故乡的春笋

周末清晨,去菜市场买菜,看到一菜摊上堆满了新鲜的春笋,望着这一支支可爱的春笋,我仿佛回到了大山深处的老家,想起童年时在乡下老家竹林里挖竹笋,在乡下老家吃竹笋的情景,仿佛闻到了故乡的春笋散发出的淡淡的清香。

我的老家在湘西一座大山的深处,是一个林区。山一座连着一座,近山接远山,远山之外还是重重叠叠连绵不断的山峰,群峰之上又露出更秀隽的山峰。村子里山上山下,全是繁茂的树木或是满山的翠竹,郁郁葱葱的树林和青翠碧绿的竹林中,弥漫着熟悉的大山味道。

记忆中,清明前后,经过一个冬天的蛰伏,不知是春姑娘把它们唤醒,还是雷公公把它们吵醒,在春雨的滋润下,春笋像赶趟似的破土而出,漫山遍野。正是草长莺飞春意浓的时节,乡亲们也许正在忙碌着挖春笋呢。

春笋因其清香酥脆、鲜嫩可口、营养丰富而深受大家喜爱,自古就被人们称作美味佳肴。《诗经》里有云:"其籁伊何?惟笋及蒲。"唐代大诗人杜甫在《咏春笋》里亦云:"无数春笋满林生,柴门密掩断行人。会须上番看成竹,客至从嗔不出迎。"白居易也有"此州乃竹乡,春笋满山谷"的诗句。苏东坡更是喜爱竹笋,在诗中写道:"无肉令人瘦,无竹令人俗。若要不瘦又不俗,每日笋烧肉。"

春笋是山里人春天常吃的一道菜,吃法也有很多种。比如竹笋烧腊肉、青椒炒竹笋、油焖春笋……还有把竹笋煮熟后晾晒制作成笋干的,乡亲们称之为"玉兰片",但我最喜欢的还是春笋炒黄菜。刚从山上挖回的吸足了一冬水分的白胖胖的鲜嫩春笋,与家乡的黄菜一起炒,那真是难得的美味,也是乡亲们招待贵宾的佳肴。

山里人的生活与竹笋有着密不可分的联系,对竹笋有着特别的感情,自然也流传下来很多有关竹笋的故事。记得小时候,大人们常会在夏夜,在我家院子里的那棵老梨树下,或在晒谷坪里,或在地里干活时,给我们讲那些流传久远的故事,每次听我都觉得津津有味。其中有一个母亲给我讲的经过她改编的"哭竹生笋"的故事,我现在印象都特别深刻。说有一少年孟宗,从小父亡,由母亲拉扯大,但在一严冬,母亲病危,乡里郎中说要鲜笋做汤为饵才能治好病。而在冰封雪飘的寒冬,哪里有鲜笋?不想失去母亲的孟宗没有灰心,哭着来到竹林,由于他的诚意感动了竹神,从此便有了冬笋,孟宗也因此治好了母亲的病。

这虽然是个传说,主要是反映孟宗的孝心,但这个故事深深地影响了我,那种不轻言放弃的精神也激励着我在学习工作生活中不断努力。

小时候,特别是碰上雨过天晴、日暖风轻、天高云淡的醉人春日,我常会跟父亲随着山风的脚步,钻进绿色的竹林去挖春笋。

我清晰地记得那是读小学六年级的一个周末,我跟随父亲去竹林里挖春笋。我看着在春雨的滋润下破土而出的那一根根粗壮的竹笋,一边挖笋,一边好奇地问父亲,春笋为什么长得这么快,感觉一夜之间就长成了呢?

父亲说:"春笋并不是一夜之间就长成的,它在地底下汲取了一冬的水分和养料,直待到春暖花开,催春的'甘霖'降下,才强劲地长出来。没有经过在地底下默默地汲取,没有积蓄力量,哪来春天的脱颖而出?"

父亲接着说:"春笋的成长是这样,我们做人做事未尝不也是这样。只有打好基础,有了扎实的基本功,在'甘霖'洒下之时,才能破土而出。如果基础不牢,耍花架子,没有积蓄足够的力量,即使有温煦的阳光,有春雨的滋润,也很难破土而出。"

父亲那天的话深深地印在我的心上。在后来的学习工作生活中,我都是扎扎实实打基础,默默积蓄力量,用心用情用功做好每件事,从不耍花架子。父亲关于春笋的哲学至今仍让我很受益。

  关于家乡的春笋，还有一件事让我记忆特别深刻。那是有一年我回乡下老家看父母，我们兄妹闲聊时，我随口说想吃家乡的春笋，那时还不是春笋破土而出的时候，春笋还没长出来，很难找。没想到父亲听到后，悄悄地扛着锄头到很远的竹林里去挖春笋。看到父亲挖回的那一支支白胖胖的鲜嫩的春笋，看着父亲那被荆棘划伤的苍老的双手，我的眼睛湿润了……

  离开老家已经很多年了，也很多年没回乡下老家去挖春笋了。这些年，尽管时常在家里做春笋这道菜，也会在饭店点春笋这道菜，却总吃不出故乡春笋的那种味道来……

  （原载2020年14期《少男少女》杂志，入选吉林省2020年中考模拟考试语文试题现代文阅读题）

球　拍

　　几天前在家里整理物品时，翻出一副已经磨损了的旧球拍。它一面是黑色海绵胶，一面是红色带颗粒状。算一算，它跟随我已经30多年了，是20世纪80年代我父亲从邻近的安化县润溪上给我买回来的。

　　拥有这副球拍时，我正在湘西大山深处善溪江边的老家读三年级。

　　现在城里的孩子有各种各样的玩具汽车、火车、飞机、轮船、坦克……可遥控的，不可遥控的，而我们那时玩得最多的是就地取材自制的棍、毽子、陀螺、高跷、弹弓、铁环、纸飞机、风筝……

　　每天下午放学回家，我就与小伙伴们玩自制的土玩具，常常是大人站在晒谷坪里大声地喊了好几遍才依依不舍地回家去吃饭，匆匆扒几口饭，又趁着月色出来玩，疯够了才回家睡觉。

我们也打乒乓球。乒乓球桌是用门板或几块木板摆在几条长凳上做成的，买乒乓球的钱大多是我们积攒了很久或是趁大人高兴时说了很多好话讨来的。乒乓球拍都是自己动手用杉木板锯成的。

二宝的舅舅从城里给他买回一副球拍，让我们羡慕极了。我想，我也能有这样一副球拍那该多好啊。可那时家里穷，我们三兄妹都在上学，虽然日思夜想，但我知道父母不可能给我买的。

我父亲只读了两年书，他和我母亲把所有的希望都寄托在我们兄妹身上。老家湘西不少孩子因家里穷，没读几年书就走出大山打工去了，我父母却省吃节用，供我们兄妹上学。每遇到上学要花大钱的关口，我父亲总是默不作声，但他在心中存事，过些天他做出重大的决定，让形势变得柳暗花明。

我们家养过好几头耕牛，其中一头很大的黄牛，因为头上的角像扁担，我们称它"扁担角"。这头牛个大，健壮，俨然一副王者风范。外村也有头很健壮的牛，有一次在山上碰到了，不知道"扁担角"的实力深浅，竟然来挑衅，结果那牛被"扁担角"顶得落荒而逃。那年我哥考上大学了，为了凑学费，父亲把"扁担角"卖了。卖牛的那天，父亲在牛圈前站了很久，默默地看着牛，牛也默默地看着他，牛流泪了，父亲也流泪了。

还有一年，为了我们兄妹的学费，父亲把外公送给他的结婚礼物卖了，那是一把传了几代人的老玉烟斗。我参加工作后，几经周转，花钱把烟斗赎了回来，这是后话。

父亲本是种庄稼的能手，可是为了我们兄妹三人的学费，父亲决定另辟财源,他拜了邻县一个木匠为师。很快他的手艺得到认可,方圆几十里很少有人不知道"王木匠"的。那段时期,借助名气,父亲只要一听到有木工活,就会挑起装着斧子、刨子的工具架离开家。

我很清楚地记得,那是一个冬天的夜晚,我们都已经睡了,睡梦中被敲门声惊醒。过了一阵,我听到母亲在问:"是谁?"门外的人说:"是我!"

原来是父亲。母亲起来开门,我们三兄妹也都跟着起来了。

父亲进屋后,母亲和我们齐声问:"你怎么这个时候回来了?"

父亲指着我们对母亲说:"我给他们送乒乓球拍回来了。"

我们兄妹都很惊讶。我更是两眼直勾勾地盯着父亲手中的球拍,不敢相信是真的,抢着问父亲:"你不是跟师父公公在润溪上做木活吗?怎么回来给我们送乒乓球拍?"

父亲说:"上个月有天晚上,我起来去茅厕,听到怀宝(我的小名)在说梦话:'爸爸,我也要一副乒乓球拍,就是二宝他舅舅给他从城里买的那种球拍。'孩子做梦都想要一副球拍,说啥也得给他买一副。第二天我就去找二宝看了那副球拍,记住型号,一定要给你们也买一副一样的。"

父亲说,他到了润溪干木活的时候,终于在一家商店找到了这种型号的球拍,等润溪的活干完了,一拿到工钱,就去了那家商店,花了5块钱买了这副球拍。5块钱在当时的偏僻山村那可不是小数目,父亲干一天木工活才8毛钱。

父亲想给我们一个惊喜,买到球拍,当晚就决定送回来。他起初担心师父不同意,因为第二天清早他们约定要去金凤乡干木活。没想到师父公公听后很爽快地答应了:"赶紧给孩子们送回去吧。"他还把买给他孙子的零食也分了一份给我们,让父亲带回来。

从润溪到我们家要走40多里的山路。我上高中之前,我们村里不通公路,也不通电,接电话要走3里多地去村主任家,我大学毕业时,村里才通了公路。

那天,父亲在雇主家吃完晚饭后,8点多动身往家里赶。我小时候也走过夜路,在夜深人静的大山里,得麻着胆子,不时听到猫头鹰的叫声,令人毛骨悚然,有时一只黄鼠狼从跟前闪过,会吓人一身冷汗。

走了5个多小时的高低不平的山路,父亲回到家时已经是凌晨两三点钟了。因为和新雇主约好了早上要赶到金凤乡去干活,父亲不敢耽误,在家里歇了一个多小时,母亲给父亲做了一点吃的后,父亲又急匆匆带着夜色赶路了。

从父亲手中接到梦寐以求的球拍时,我转过身去,不想让家人看到我的眼泪。我知道父亲供我们读书已经不易,没有想到,父亲竟然还把我做梦想要一副球拍的事情当真,满足了我心中这个小小的渴望。父亲走后,我在被窝里暗暗对自己说,将来一定要好好孝敬父母。

我们三兄妹后来都上了大学。这是最令父亲骄傲的。我们曾多次商量要把父母接来城里住,但父亲在农村生活习惯了,来城里不适应。除了种地,他还养牛、猪、鸡,每天晚上十一二点才睡，早上五六点就起床了。

很多年过去了，我在好几个城市生活工作过，也好几次搬家，有些旧物送了人或捐了出去，但那副球拍我始终舍不得丢。

（原载2021年6月3日《南方周末》，被《海外文摘》文学版等转载）

人生如点灯

居住在繁华的都市,每当白昼已尽,城市里华灯璀璨,凭窗遥望浩瀚银河里闪烁不定的星辰,我就会情不自禁地想起儿时乡下的老家,想起老家散发着桐油清香味的木板房,想起木板房里的煤油灯,想起煤油灯伴我走过的那段难忘的岁月,想起那个遥远的年代。

我出生在一个山旮旯里。童年时,老家不通电,人们照明用的是一盏盏大大小小、样式大同小异的煤油灯。那时,每当夜幕降临,村里家家户户就会陆陆续续点起煤油灯,闪闪的灯光星星点点散落在村子里的各个角落,如夏夜里飞舞的萤火虫,绘就了一幅幅美丽的山村夜景。

我家的那盏煤油灯是父亲用一个罐头

瓶、几根小铁丝和一块小铁皮制成的:一根小铁丝在罐头瓶盖处围成一个圈绑在瓶上,另一根铁丝折弯后,两头钩在围圈的铁丝上做成提手,棉花搓成的灯芯被铁皮包着,用小铁丝固定在瓶中央。我家的那盏油灯样子虽然难看,但用起来很方便,可以挂在墙上,也可以摆在桌上。

这盏简易的油灯给我们全家带来了光明,带来了温馨。由于家里穷,我们兄妹要完成老师布置的家庭作业或看借来的《三国演义》《水浒传》《西游记》《红楼梦》《隋唐演义》,或小人书《鸡毛信》《三毛流浪记》《英雄小八路》《烈火金刚》,都只能与父母一起在那盏简易的油灯下进行。有时,全家人各自的事忙完了,我们兄妹几个也会在昏暗的灯光下,听父母讲故事,讲家族的历史,讲生活的艰辛和幸福。

有一个母亲改编过的凿壁偷光的读书励志故事,我现在都印象特别深刻。说古时候有一个叫匡衡的人,家境贫寒,为了借光读书就凿通了邻居家的墙,借着从邻居家传来的光读书,后来终于学有所成。母亲常对我们兄妹说,她之所以常给我们讲这个故事,就是想告诉我们一个道理,那就是要我们兄妹多读书,只有努力读书,才能学到更多知识,将来才能有出息。母亲的故事,那时我似懂非懂,但我读书十分刻苦,让奖状贴满了我家小木屋茶屋里的那面墙。

记得有一年快期末考试了,我觉得自己功课复习得不太好,于是在父母睡了后,偷偷地把煤油灯拿到房里,挂在我床前的墙壁上,借着微弱的灯光,躺在床上复习。结果看着看着,我睡着了,煤油灯却燃了整整一个晚上。第二天一早起床,我鼻子里黑乎乎的。熬了一夜,灯里煤油也基本上用完了。母亲知道后,却只让我不要再躺在床上看书,说这样对身体有害,更何况睡着了,灯没熄很不安全。然而从母亲的神情中,我还是看出母亲因浪费而心痛,只是不忍心责怪我而已,我的心里别样地难过。

那时的煤油是很金贵的,记得读小学的时候,到乡供销社买其他东西都不需要票了,但买煤油是要凭票的。记忆中每家一个月只供应一斤半煤油,如果哪家能多弄几斤煤油,村里人都认为他家有本事。村里人点灯一般能省则省,不干活时,灯芯只露出一点点,有光亮就可,感觉比萤火虫也亮不了多少。有的人家为了省油,如果晚上有月亮,一些事情就在院子里借助月光来完成。

在煤油灯下,父亲也常给我们兄妹讲些为人处世的道理。记得有一次,因为家里穷,我们三兄妹都在上学,家里实在拿不出钱来给我们交学费,我跟父亲说我不读书了,想跟他一起下地干活,然后跟他学木匠活。父亲听后很生气,说他跟母亲省吃节用,辛苦干活,就是希望我们多读点书,没想到我碰到一点困难就说放弃读书了。那天晚上,父亲指着煤油灯对我们兄妹说,其实做人跟点煤油灯同一个道理,只要煤油不尽,灯光就不会熄灭,做人也是这样,只要有坚强的意志,只要精神不垮,就没有克服不了的困难,说再困难也要让我们读书。开学时父母把留着过年的猪卖了,用来给我们交了学费。

油不尽,灯不灭。人生犹如点灯。父亲关于点灯的人生哲学我一直铭记在心,至今仍让我很受益。

为了让我们家的那盏煤油灯不缺油,为了不耽误我们学习,父亲想尽各种办法去买煤油。记得那时,因为大山里交通不方便,乡供销社煤油常常缺货,有时一个月一斤半的煤油凭票也买不到,很多次父亲都是走40多里的山路去邻县的润溪上买煤油。有一次,家里快没煤油了,干了一天农活的父亲竟踏着月色去润溪上买煤油,父亲跟售货员说了很多好话,才买回煤油。他回到家时,天都快亮了,公鸡已经开始打鸣了。

　　我读的是一所即便现在的百度地图App上也找不到的小学,学校里有一位既是校长又是唯一任课教师的刘老师,父亲尊称他为先生。小学四年级的时候,我的作文《家乡的小河》被刘老师在班上作为范文宣读,要大家向我学习如何写作文。我清楚地记得这篇作文,他打了96分的高分——据说是他任教以来给分最高的一篇作文。下课后,刘老师要我去他办公室。也许是在课堂上得了表扬,于是我怀着喜悦的心情跟着刘老师去了他办公室,以为他会再次表扬我一番,甚至还幻想着是不是有作文本或小糖果之类的奖品。想不到他竟板着脸对我说:"文章写得好,字为什么写得这么差?东歪西斜的,像鸡爪一样。你把作文工工整整地给我抄50遍,明天交给我。"看着刘老师严厉的脸,我低下了头。

　　放学回家后,我在我家那盏简易煤油灯下,把作文工工整整地抄了50遍。父亲一边看着我写,一边自言自语地感慨:"刘老师真是一个负责的好先生。"那本在煤油灯下抄了50遍作文的本子,至今仍藏在我的箱底,我时常拿出来看看,提醒自己做任何事情都要细心细致、用心用力。

点煤油灯的那段岁月，我懵懵懂懂地体会了生活的艰辛，学会了勤劳节俭，更多地学到了一些人生道理，享受了亲情的温暖。

如今，乡下老家已经发生了翻天覆地的变化，乡亲们早已用上了电灯、电视、冰箱、洗衣机、热水器……有的家庭还买了小汽车，用上了Wi-Fi。煤油灯早已被束之高阁了，我却始终忘不了老家的煤油灯，忘不了那段点煤油灯的岁月，忘不了煤油灯下的苦涩、快乐和温馨，忘不了人生犹如点煤油灯的人生哲理。

（原载2020年第17期《南方》杂志，入选《读者丛书·百年辉煌读本》，入选学习强国平台，被《小品文选刊》等转载，获年度副刊随笔奖，被选为九年级期末考试等语文试题现代文阅读题）

充满诗意的采摘

周末朋友相邀,去了趟郊外,天气是醉人的温暖,天空蓝湛湛的没有一丝浮云,田野里草含绿,花含笑,大地散发着诱人的清香,美丽的蝴蝶在花丛中翩翩起舞,带着剪刀似尾巴的燕子斜飞在天空中……熟悉的味道,熟悉的情景,让我不由得想起了儿时的故乡。

我老家在一座大山的深处,一眼望去,到处都是山,近山接远山,远山之外还是山,蜿蜒连绵的群山,争雄似的一座比一座高。山上山下满是郁郁葱葱的树林,或青翠碧绿的竹林。在青枝绿叶覆盖下,一栋栋还散发着桐油清香味的木板屋,散落在深蓝深蓝的林海里和竹海中,木板屋里住着我那善良、淳朴、勤劳、坚强的乡亲。

我的故乡是最美丽的。山花盛开的季节，大山里的老家仿佛是一个天然的大花园，放眼望去，梨花、桃花、李花、杜鹃花、油菜花、荠菜花、蒲公英、萝卜花、蚕豆花……还有很多叫不出名字的野花，红的、黄的、蓝的、紫的、白的，娇艳欲滴，竞相绽放，点缀在青山绿海之中，漫山遍野都成了芬芳的世界，木板屋、竹篱笆的周围也被五颜六色不知名的野花装饰着，悠闲自在的牛羊低头啃着刚刚露头的鲜嫩小草，澄碧清澈的山泉水叮咚叮咚快乐地哼着歌儿从村子向远方流去，布谷鸟在"布谷布谷"地催着乡亲们快快播种，山中还时有云雾缭绕，清风拂面，所见皆为自然，所闻皆为芬芳，所听皆为天籁，山水皆是景，仿佛自己也融入这山水画卷之中。

因为是林区，故乡也有很多野菜，有几十种之多，常见的也有20多种，比如荠菜、野芹菜、蘑菇、百鸟不落、蕨、野葱……野菜质地新鲜、风味独特、营养丰富。古人早就赞美野菜是美食，并把野竹笋、龙须菜、大口菇等列入"八珍"之内。苏东坡赞美野芹和春笋道："西崦人家应最乐，煮芹烧笋饷春耕。"杨万里春游时，美丽春景无心观赏，一心只想寻野菜做盘中美味，他说："绿暗红稀非我事，且寻野蕨作蔬盘。"陆游也有采食野菜的诗句："晨烹山蔬美，午漱石泉洁。"周作人在《故乡的野菜》里说："一把剪刀一只'苗篮'，蹲在地上搜寻，是一种有趣味的游戏的工作。"

记忆中，我最喜欢吃的是竹笋和香椿。竹笋是山里人常吃的一道菜，吃法也有很多种。比如竹笋烧腊肉、青椒炒竹笋……还有把竹笋煮熟后晾晒制作成笋干的，乡亲们称之为"玉兰片"，但我最喜欢的还是春笋炒黄菜。刚从山上挖回的鲜嫩春笋，吸足了一冬的水分，出落得白白胖胖，与家乡的黄菜一起炒，那真是难得的美味，也是乡亲们招待贵宾的佳肴。俗话说："家有香椿树，春天吃菜不用愁。"香椿也是我们常吃的一道野菜。我特别喜欢吃香椿炒鸡蛋，其滋味鲜美，椿香浓郁，散发出醉人的芳香……这些野菜也时常出现在我梦中，很香、很有味道，醒来后还回味无穷。

　　记忆中，我还喜欢走进大山里，爬到山顶上，一边赏景，一边采摘野花和野菜。我喜欢把各种野花放在一起，采回后放进一个装好水的空酒瓶里，放在茶屋里养着，既给自己看，也给客人欣赏，每天放学回来，我都会前去闻闻花的味道。摘野菜就更有趣了，每当看到大山里满眼嫩绿的野菜时，我与小伙伴们就会高兴地蜂拥而上，展开一场争夺战，一双双小手争先恐后地将野菜从松软的土地里连根拔起，心急火燎地放在篮子后，又是一阵你追我赶、打闹嬉戏。此时的大山里，到处回荡着孩子们的欢叫声、嬉笑声，幸福的收获感也会油然而生，采摘野菜的过程，似乎比吃野菜还要快乐。

　　"流波恋旧浦，行云思故山。"有人说，离开家乡愈久，你思念的东西就愈多，一座山、一条河、一片小树林，甚而是抽旱烟的邻居大爷、穿开裆裤的小伙伴,都会给你留下清晰的记忆,此时的我真想回一趟大山深处的故乡,在大山里走一走,看一看,仰望蓝天白云,坐听鸟鸣水声,静闻泥土芬芳……

(原载2021年6月1日《南方日报》)

想起坐船

几天前，在整理书籍时，从一本旧书里发现一张旧船票，望着这张发黄的旧船票，我不由得想起一个个关于坐船的故事。

儿时的老家是没有通公路的，要想坐车出行，得走几十里山路去隔壁的两江乡或润溪。如果不想走那么远的山路，也可去乡里坐善溪江上的船。

当然坐船也是要看情况的，善溪江只是资江的一条小支流，水量不大，本身是行不了船的。是因资江上有一柘溪水库，水库蓄水时，水倒灌进善溪江，这才可行船，也才有班船从乡里去润溪，如没蓄水，善溪江也就行不了船。在我记忆中，一年大概有一半时间，善溪江上可行船，乡里是有班船的。

从乡里去润溪的班船一天两趟，早上中午各一趟，从润溪回来也同样是早上中午各一趟。在陆路不方便的时候，班船给乡亲们带来很多方便，去润溪赶集，去润溪坐火车、汽车出行，很多时候会选择坐船。班船是有固定出发时间的，我老家离乘船的地方有十来里路，要去乘班船，就得赶船，如果时间把握不好，赶不上船，很可能当天就走不了，行程也会耽搁。

　　记忆中，我第一次乘坐交通工具就是在善溪江上坐班船。为了赶船，那天父亲带着我起得很早，我清晰地记得，起床时，天边刚露出一抹鱼肚白，随即千山初醒，晨曦爬上树梢，轻纱般的薄雾悄悄散去，让位金色晨光。我们匆匆吃过早饭，踏着晨露，就去赶船，提前一个多小时赶到乘船地点。

　　我对父亲说："我们来得太早了，完全可以晚一个小时来，也不需在这等这么久。"

　　父亲说："宁愿早点来，从容赶船，也不要掐着点，急匆匆赶船，那样不但让自己很赶，也很容易误事。"

　　也正是父亲的教导，让我从小养成了做什么事都提早准备的习惯，至今仍让我很受益。

　　坐船的人很多，大多是去润溪赶集或出行的，来坐船的，有互相认识的，也有不认识的，不管熟悉还是陌生，在船上，大家都不设防，天南地北地聊着，聊庄稼，聊收成，聊小孩的学习，聊孩子的婚姻大事，聊新鲜事，你一言，我一语。他一插话，似乎有说不完的话。

　　因为第一次坐船，我站在船舷边，放飞自己，吹着江风，听着船底潺潺的水声，悠闲地欣赏着迷人的风景，望着天际偶尔飘浮的淡淡白云，或散或簇，看着两岸郁郁葱葱的树木一半在陆地，一半倒映在水中，鸟儿在岸边的树林里嬉闹欢唱，树上的蝉、草丛中的蟋蟀、稻田里的青蛙，也跟着起哄，夹河齐鸣，突然一只白鹭从头顶飞过，一条鱼跃出水面，划出一道道水纹，房屋、稻田、菜园，五颜六色的各种野花，缓缓向后退去，顿感整个身心已融入其中，自己就在这幅动态的水墨画中，真切感受到古人"舟行碧波上，人在画中游"的意境。

船行了两个多小时，到达润溪码头，下了船，我却站在码头，依依不舍地望着小客船不肯离去，父亲知道我想多看会儿船，也默默地陪着我看船。

自古以来，文人墨客似乎也是喜欢坐船的，有人说，中国古诗有三分之一是在船上写的，这种说法自然没有考证过，也经不起考究，但也说明，诗人在船上容易引发诗情，触发灵感，留下名篇佳句。早在《诗经》中就有云："泛彼柏舟，在彼中河。"唐代大诗人李白亦有"乘风破浪会有时，直挂云帆济沧海"的豪迈诗句，诗圣杜甫也留有"窗含西岭千秋雪，门泊东吴万里船"的佳句。1200多年前，诗人张继落榜后，更是在船上，留下不朽的诗篇《枫桥夜泊》。到了宋代，杨万里也有"一叶渔船两小童，收篙停棹坐船中"的诗句。清代著名诗人查慎行用一首五言绝句《舟夜书所见》，描写坐船时夜晚所见到的景色。现当代经典美文中也有很多关于船的描写，鲁迅在《故乡》里就有"我们的船向前走，两岸的青山在黄昏中，都装成了深黛颜色，连着退向船后梢去"。周作人的《乌篷船》、秦牧的《故里的红头船》都是经典名篇。朱自清、俞平伯同游秦淮河，更是各写了一篇《桨声灯影里的秦淮河》。

现在，我坐过不少的船，木船、铁船、客船、货船、游船……坐过长江、黄河、珠江、松花江、湘江、资江等大江大河上的船，坐过洞庭湖、鄱阳湖、呼伦湖、青海湖、西湖等湖泊上的船，也坐过漂洋过海的船，还在被称为水上之城的威尼斯坐过船，威尼斯被称为水上城市，出行的主要交通工具就是船，在威尼斯坐船，也是别有一番滋味，让人感觉如同童话般美丽。坐船的经历，也给我留下许多美好记忆，但最让我难忘的，还是第一次在善溪江上坐班船。

现在的老家已经发生了很大变化，交通更是日新月异，高速公路从家乡穿过，硬底化乡村公路也通到了家家户户的门前，很多乡亲还买了小轿车，出行十分方便。嫌船走得慢，乡亲们出行已不太选择坐船，但这次回乡下老家看望父母，我特意去善溪江上坐了船，或许是想找寻儿时的记忆，也许源于对家乡小客船那特别的感情。

（原载2021年6月25日《中国社会报》）

信 任

这是很多年前的事。

那时我在湘西南的一座城市里生活。尽管已经过去很多年了,我却记得清清楚楚,每当回想起来仿佛就在眼前,感觉就是最近发生的事情。

在城里上班得自己在家做饭,自然也就得去买菜。我家附近有一小型菜市场,早上菜场摆满了各种各样的蔬菜,绿油油的青菜、白胖胖的萝卜、红润润的西红柿、绿衣带刺的黄瓜……色泽鲜艳,惹人喜欢,叫卖之声此起彼伏,不绝于耳,着实热闹。

菜场里有一位老大爷,大多是一个星期来卖一次菜,他的菜都是他自己种的,既便宜新鲜又绿色环保,我经常买他的白菜、萝卜、茄子、辣椒、黄瓜、南瓜、土豆、四季豆、葱、蒜……

大爷已年过古稀，卖菜从来不少秤，也不"耍"别的小伎俩。常买菜，慢慢熟了，得知他俩孩子都在外地工作，对老人也很孝顺，想把他接到他们生活的城市去住，但老人舍不得离开故土。他说平时没事闷得慌，就种点小菜，施农家肥，不打农药，自己吃放心，卖给顾客也安心，卖菜就当锻炼身体。

有一次我买菜后，发觉忘记带钱包，正准备把菜退给他时，他却笑着对我说："忘带钱包了？"

我不好意思地点了点头。

"没事，先拿回去吧，下次买菜时再给吧。"

我赶紧说了声"谢谢"，心里在想，一定要记得把菜钱还给老人，不能辜负了老人对我的信任。

接下来的那个星期，我每天下班后都去菜市场转一转，看看老人有没有来卖菜，好把菜钱还给他。

一个星期后，我要把菜钱还给他时，他竟然忘了。也许是出于对我的信任，老人压根儿就没把这事放在心上，但我一直记挂着这事，记着老人的这份信任。

还有一次，我在老人那里买菜时，他把账算错了，多收了我两元，当时我也没发现。一个星期后，我来买菜时，老人赶紧拉着我的手，说上次多收了我的钱要退给我，并急忙从手绢包着的一沓钱里掏出两元塞到我手中。

我忙说："大爷有这回事吗？……算了……算了……"

"那怎么行呢？该是怎样就应怎样，我不能占这个便宜啊。"

起初我以为他只对我这样，后来发现，他对每个人都这样。

我离开这座城市已经很多年，也没有再见过这位老人，但我时常想起这位老人，有时也在想：老人身体是否还好？会不会去了他孩子生活的城市？

在菜市场，有一位中年男人，黑黑胖胖的，一副很憨厚的样子。

每次我走过他的菜摊，他总是带着微笑很热情地同我打招呼："我今天的菜蛮好的，买点菜回去吧，我的菜是最便宜的。"

因为他的热情，我也常买他的菜，并不时跟他闲聊一番，熟了，也出于信任，我买他菜时也不看秤，称好，付钱，拿走。然而，有一次买菜经历改变了我对他的看法。

我在他那里买了白菜正准备走时，一顾客气冲冲地来到他摊前，说菜少了秤，带着怀疑，我把买的白菜也在其他菜摊上称了一下，结果还真少了秤。我去找他时，他红着脸说看错秤了，但我不相信，因为他看错的不止我一个。

后来，他依然带着微笑热情地同我打招呼，但我总觉得他的微笑已经变了味，也许是不再信任，我也没再去他那儿买菜。

关于信任，我又想起一件事。那是有一次我和朋友去一山旮旯里玩，看到一村民在路边卖自家做的干白辣椒，也许是从小就喜欢吃白辣椒的缘故，我忍不住在他那儿买了5斤干白辣椒。但因当时没开车，山村附近也没快递，加之我们还要去另外的地方，带着也不方便，于是我给了那村民200元，写了一个地址，请他寄给我。

在离开村庄的路上，同行朋友知道这事后，对我说："你就这么信任他？电话也没留，住哪里不知道，就连他姓什么都不知道，这里又没熟人，他拿了钱不给你寄怎么办？"

听了朋友的话，当时我觉得也有道理。我在想："他拿了我的钱不给我寄，我还真没办法，我也不知去哪里找他，甚至有点后悔怎么不留下他的电话，或者自己带走去下一个地方，找个快递公司寄了……"

然而意想不到的是，我回来后，那村民给我寄的快递先到了。干白辣椒用保鲜袋装着，包装得很好，分量也很足，快递里还留有一纸条，说感谢我买了那么多白辣椒，感谢我对他的信任，他当天下午就骑车跑了20多里路去镇上给我寄了，还留了他的电话，说有什么不满意的随时找他。

看完纸条，我对自己当初对这位村民产生的怀疑，产生过的不信任，突然感到愧疚，感到自责。

后来我与这位村民成了朋友，我常买他的干白辣椒，也介绍了不少朋友买他的白辣椒，有时也会跟他打打电话，聊聊家常。

转眼间这些事过去很多年了，但给我留下了永久的回忆。我常常在想，信任其实就是对他人品质和能力的一种肯定，但这又是相互的，只有不辜负别人的信任，别人才会更加信任你。

（原载2020年6月17日《羊城晚报》，被《新湘评论》等转载，被选为2020年吉林省长春市南关区中考模拟考试语文试题现代文阅读题，以及山东等地的初中期末考试等语文试题现代文阅读题）

金樱子酒

大山深处的乡下老家，家家户户都有酒缸，常年有酒贮藏，男人大多每日餐桌上都有酒，要是来了客人，好客的山里人，更会大碗大碗喝酒，盛情时会让客人喝得面红耳赤，灌个客人半醉或全醉才心甘。

乡亲们喝的酒大多是自家用纯米酿制的三江米酒，酒味甘醇，度数不高，又有水生气，就是喝个烂醉，一觉醒来也没事了，不上头不伤身。山里人还常会在酒缸里放些杨梅、猕猴桃、金樱子等，泡上几个月的酒一开封，芬芳的酒香飘散在房间的每个角落，闻到酒香的人真恨不得一口气喝它个一两碗。

记得小时候，我家也常会泡些有山果的酒，但最受欢迎的还是金樱子酒。金樱子是一种蔷薇科植物，在老家的大山里随处可见，结纺锤形状小果，果皮有毛刺。摘金樱子是件很辛苦的事，记忆中这活大多是大人干的，并且会带上摘金樱子的工具，不让小孩子去摘，怕弄伤了手，也怕被刺挂破了衣服，到头来得不偿失。小孩们却常偷偷去摘，果子摘下来后，放在地上，用鞋子搓去刺，剥开去籽，洗干净，放在嘴里嚼，味道酸酸甜甜，是我们孩提时一段美好的记忆。采摘回来的果子须先褪去毛刺，洗净后再用刀破成两半，剜掉内籽再放进酒缸里泡，当然也有人家会将其晒干后，再放进酒缸泡上几个月的。母亲常跟我们说，金樱子酒是药酒，补脾健胃、补肝益肾，还能止咳平喘，但小孩子不能喝太多，说太补了。在老家的大山里，金樱子比较多，每年我家都会泡一两缸金樱子酒。在金樱子酒开封时，母亲也总会给我们三兄妹都倒上一点点，让我们尝一尝。我不能喝酒，每次喝一点点，很快就脸红了，这时父亲就会在旁边得意地笑，说我没"酒福"。

我家的金樱子酒自己喝，也常分给别人喝，常常是别人喝得多，自己喝得反而少。在我记忆里，杀年猪时是我家喝金樱子酒比较多的时候。儿时的乡下，谁家杀年猪，邻居们都会来帮忙，这也是这家人感谢邻居们一年来的帮助，祝福邻居们在接下来的一年里和和美美、顺顺利利的好时机。主人把刚刚杀的年猪，那还冒着热气的猪肉、猪血、猪肝……做成一碗碗丰盛的菜肴，拿出自家储藏的用来招待贵宾的好酒来招待邻居。我家杀年猪时，父亲就会拿出金樱子酒来招待邻居，餐桌上夹菜敬酒，推杯换盏，菜凉了再热，吃了再添，酒喝了一碗又一碗，上了一瓶再上一瓶，喝得大家酣畅淋漓，面红耳赤，喜形于色。酒后乡亲们话匣子也彻底打开了，即使平时邻里之间有点小矛盾的，这时也在金樱子酒里融化了，亲情、友情、乡情也在金樱子酒里升华。

关于金樱子酒，有一件事让我记忆特别深刻，那是有一年，上小学五年级的我在山上砍柴时发现了一树很大的金樱子，满树暗红的金樱子挂在枝头，煞是好看，我被它的浓香吸引了。那天我小心翼翼地，一粒粒将满树的金樱子摘了下来，我满怀收获的喜悦，背着装满金樱子的小背篓回到家，母亲接过我的背篓时，看到我被金樱子刺得肉破血流的双手，很是心疼，赶紧给我弄来清水洗净包扎好，并反复嘱咐我以后不要赤手上山去摘金樱子。我摘回的金樱子刚好够泡一缸酒，这缸酒就放在我家茶屋里。那段时间，我每次看到这缸酒，看到自己的劳动成果，那种自豪感就会油然而生，在小伙伴面前我觉得也很有面子。父亲曾说这缸酒要留着过年时喝，然而没想到，就在过年的前几天，一位从城里来的客人看上了这缸酒，缠着父亲说要把这缸酒买走。那天我也在家，父亲望着我本想对客人说这是我们留着过年喝的，但话到嘴边又给咽了回去，后来好客的父亲还是点了点头，这缸让我引以为自豪的金樱子酒就被城里的客人带走了。客人走后，我不高兴，赌气不理父亲，自知"理亏"的父亲搂着我说过年时可喝另一缸，并夸我是个懂事的好孩子，然后就干活去了。看到我还在生闷气，母亲也走了过来："孩子，有句俗话说'独乐乐不如众乐乐'，城里的大伯喜欢这缸酒，我们家有两缸，分给他一缸，劳动成果让大家共享，不也是一件快乐的事情吗？"听了母亲的话，我不情愿地点了点头，但心里还是不太高兴。这件事情已经过去几十年了，现在想起来，也完全能理解孩提时的我当时的心情，但更懂得了父母的做法。

我离开大山深处的故乡，在城里工作生活，由于工作忙，也很少回家，很多年没有喝过故乡的金樱子酒了。前几天，父亲打来电话，说今年家里又泡了一缸金樱子酒，想要我回去尝尝。挂了电话，儿时的回忆像初融的春水，涌溢奔流，我的思绪也飞到了久别的故乡。此时，我真想回到大山深处的故乡，在我老家那还能闻出桐油淡香的木板屋里，陪已逾古稀之年的父亲喝金樱子酒。

[原载2020年1月3日《南方日报》，被《散文选刊》《作文周刊（中考版）》等转载，入选学习强国平台]

故乡的楤木

周末去菜市场,在菜摊上看到紫红色的楤木嫩芽,看到儿时常吃的野菜,一种亲切感涌上心头。那些久远的在山里采摘楤木嫩芽、挖楤木根的情景浮现在我的眼前,我仿佛又闻到了家乡大山里散发出的楤木那特有的味道。

楤木在老家的大山里有很多。楤木不仅树枝上长满了锋利的刺,就连枝叶上也生长着很多尖尖的刺,看起来有些恐怖,人们尽量躲开,因为碰上了,一不小心就会被刺出血来。小时候谁家孩子不听话,大人就说用楤木刺扎,吓得小孩立刻就不哭了。这种浑身长刺的植物,就是鸟儿也不敢落在上面,因此乡亲们又称它为"百鸟不落"或"鸟不宿""鹰不扑"等。

楤木虽然全身是刺，却是一种非常好的药材。《本草拾遗》中云："楤木生江南山谷，高丈余，直上无枝，茎上有刺，山人折取头茹食之。一名吻头。"李时珍在《本草纲目·木三·楤木》中言："楤木，今山中亦有之。树顶丛生叶，山人采食，谓之鹊不踏，以其多刺而无枝故也。"《本草推陈》中称其树皮、根皮均有健胃、收敛、利尿及制糖作用。乡亲们常用楤木治疗风湿关节痛、腰腿酸痛、跌打损伤、骨折等。前不久，父亲的脚关节痛，我们兄妹都很担心，让父亲来城里的医院看看。父亲却说不要紧，挖点草药吃了就好。母亲上山挖了楤木根，熬汤炖猪蹄，给父亲吃了，脚真的不疼了。

楤木也是乡亲们喜爱的野菜。有一种楤木的嫩芽称嫩刺芽，含有丰富的氨基酸和微量元素，营养价值极高。在村子里，嫩刺芽如香椿、春笋、山芹、蕨菜、蘑菇等一样，是乡亲们餐桌上的美味。每年春天，大山里的春风像醉了似的，吹破了云天，吹醒了树木，吹绿了大地，也吹出了楤木树上紫红色的苞芽，乡亲们就上山采摘嫩刺芽做菜吃。我常和小伙伴们去采，我们一边小心翼翼地采嫩刺芽，一边呼吸着大山里清新的空气和泥土的清香。我们看着篮子里装得满满的嫩刺芽十分开心，个个脸上有着春色般的神韵，大山回荡着孩子们的欢叫声、嬉笑声，采摘的过程比吃还要快乐。

嫩刺芽被称为"山野菜之王"，享有"天下第一珍"的美誉。嫩刺芽清水洗净后，用烧沸的开水一泡，捞出沥水，凉拌或者炒着吃，用猪肉炒、鸡蛋炒……我最喜欢清香的鸡蛋炒，那种野味醇厚、质地嫩脆的味道至今让人回味。

　　楤木根炖猪蹄是一道名菜，是乡亲们招待贵宾的。楤木的精华积聚在树根中，营养价值最高。每年冬天，乡亲们都会去大山里挖楤木根。挖根要掌握窍门，不然挖出来的根是断的，掌握了窍门，一会儿就能挖出一大把粗粗壮壮完整的根。我们常跟大人上山，给大人打下手，松土、递递锄头和水，然后把黑黑的粗糙的树根，去掉黄泥巴装进小背篓，虽忙得汗流浃背，但充满了欢愉。

　　背着一背篓楤木根回到家，一家老小齐上阵，来到看得见水底碎沙石的小溪边或水井旁，用清澈的溪水井水洗涮干净，褪了老皮，留下白嫩嫩的肉皮。赶集的日子，从集市上买回猪蹄，放在柴火灶上的砂罐子里，和楤木根一起慢慢地炖。猪脚的醇香伴着百鸟不落的药香使整个村庄都弥漫着香味。每次炖好后，父母都会盛出一大碗，让我们趁热给爷爷奶奶送去。一家人围坐在一起津津有味地吃着，像过年一样。

　　我读初中时，有一次去给大舅送东西。大舅家在隔壁村的一座偏僻的大山里。那里山连山、山叠山，山外有山、山上有山。峰峦起伏、蜿蜒连绵的群山，争雄似的一座比一座高。方圆几公里的林海和竹海中，只有大舅家的一栋小木屋。那时生活不富裕，腿脚不方便的大舅看到我来了，千方百计地给我弄好吃的。大舅把家里仅有的几个鸡蛋和嫩刺芽炒给我吃，香喷喷的，我一连吃了两大碗，大舅很开心。离开时，大舅对着在屋后那条长满茅草的山路上时隐时现的我，一个劲地喊着："下次来大舅家，还给你做嫩刺芽炒鸡蛋。"我连声说："好，好……"眼里不禁涌出泪水。

"流波恋旧浦，行云思故山。"人生旅途崎岖修远，起点站是童年。唐代诗人崔颢有诗云："日暮乡关何处是，烟波江上使人愁。"这是诗人登黄鹤楼北望汴梁时兴起的归思，也是诗人难解的乡土情结。那天给母亲打电话说起了嫩刺芽，母亲说："我今天就上山去给你采摘些回来。"

闻着楤木嫩芽的清香，我想不管离开家乡多久，我都不会忘记大山深处的楤木，不会忘记那特有的清香……

（原载2021年4月7日《中国文化报》，被中央纪委国家监委网站、中国作家网等转载，被选为七年级期末质量评估语文试题现代文阅读题）

善良的选择

五一长假,回了趟老家,见到一位多年未见的也是从外地回来的朋友。我们聊了很久,聊到深夜,聊了很多人,聊了很多事,聊到动情时,他向我讲了一件藏在他心里已经很多年的往事。

他出生在一座大山里,高三时父亲去世,给他留下多病的母亲和两个妹妹,对本就贫穷的他家无疑雪上加霜。父亲去世,对中年丧偶且多病的母亲是致命的打击,仿佛一夜之间,她头发全白了。他母亲强撑着这个家,早出晚归,无论冬夏,无论刮风下雨,在那块贫瘠的土地里拼命干活,但丝毫没能改变他家贫穷的境况,还新欠了邻居和亲戚不少钱。

朋友说,每次放假回家,看到满头白

发的母亲，转过身去，他的泪水就不争气地往下流。作为长子，他几次跟母亲说要辍学回家，帮她撑起这个家，但每次母亲都是流着泪坚决不同意，并说他是她活下去的精神支柱。为了不辜负母亲的期望，他拼命地读书，学习成绩一直保持在年级的前三名。

那是一个让他终生都不会忘记的日子，放学后，他正在水泥板上洗衣服，突然听到学校广播室喊自己的名字，要他去接电话，开始以为听错了，因为入校以来，从来没有人给他打过电话。再听一遍，还是在喊他的名字，他赶紧跑向学校电话室，电话是邻居打过来的，说他母亲在地里干活时晕倒了，送进了医院，要他赶快去医院。这晴天霹雳，让他吓呆了。赶到医院，医生告诉他，母亲病得不轻，需要住院，他抱着医生大哭："大夫，求求您一定要治好我母亲……"医生安慰一番后，要他赶紧回去筹钱。

那时的山村，乡亲们都不宽裕，哪有余钱？他借了好几天也没借到多少钱。也许是救母心切，也许是真的急昏了头，那段时间，他满脑子想的就是如何找钱救母亲。那天他不知是怎样走进了一家商店，看到打开的柜子里放着一沓现金，见店里没人，他把钱塞进自己裤兜，就在这时，老板娘出来了，一把抓住他，在他茫然不知所措的时候，店主出来了，朋友哭着讲述了母亲的情况，向他们苦苦哀求。听了他的话后，店主和老板娘在一旁嘀咕了好一阵后，店主走过来，狠狠地教育了他一番，然后把准备用来进货的钱借给了他。

后来他母亲出院了。那年9月,他以优异的成绩考上了大学,大学毕业后,有了自己的公司,生意做得很好,但他始终没有忘记那年那商店的事情,始终没有忘记那家人。

一天,他带了几万元的现金和精心挑选的礼物来到那家商店看望当年的恩人,老板娘接待了他。看到西装革履的他,老板娘说他变化太大了,差点认不出来。

朋友向商店的老板娘讲述了自己现在的情况,把钱和礼物交给老板娘,感谢他们当年对他的帮助。但老板娘把钱和礼物都退给了朋友,始终不肯收,说她丈夫已经去世,但那天的事情还清晰记得,如果不是朋友特意来,她不会把那天的真相告诉任何人,因为她答应了她丈夫,要对这件事保密。

她说,抓住他后,起初她是决定要把朋友送进派出所的,但她丈夫坚决不同意。她丈夫说:"如果送进派出所,那性质就变了,这孩子可能就会受到影响,甚至会参加不了高考。从孩子讲的情况看,特别是他那双可怜的眼睛,我敢肯定孩子没说谎,也是救母心切,一时糊涂才犯了错,我们应该好好教育他,但更要选择帮助他。"怎样选择,那天她和丈夫商量了很久,但最后还是同意了丈夫的选择。

听了老板娘的话,想着已去世的善良的店主,朋友竟失控大哭起来。在老板娘的陪同下,朋友来到店主的坟前,真诚地向这位当年选择帮助他的善良老人深深地鞠了躬,在心里无数次对自己说,一定要像店主那样选择去帮助人,绝不能辜负了他当年对自己的一片苦心。

朋友说,现在他时常会想起那年那商店的事情,在心底里感恩那家人,也一直像店主那样选择去帮助人,也帮了不少人。他还坚定地说这选择会一直做下去。

听了朋友的故事,推开窗,清风拂面……

(原载2021年5月11日《羊城晚报》,被《语文世界》《牡丹晚报》等转载)

三思而择

朋友打电话找我谈心,说自己这些年非常努力,但感觉人到中年,事业没什么成就,心里有点慌。

在生活中,我们也会遇到朋友这样的经历,有些事情,我们很卖力地做,但结果不如预期。为什么会出现这样的情况呢?我想,很可能是方向没有选对,方向不对,盲目努力,无异于南辕北辙,无法抵达目标。只有方向对了,通过坚持不懈的努力,才会迎来成功。当然,事倍功半也有可能是爱好和天赋的原因,选了不适合自己的方向,强行努力,不但会让自己很辛苦,也很可能达不到想要的效果。爱好是最好的老师,自己感兴趣,会把工作当成事业,会有使不完的劲,会千方百计去把事情做好，因此，更容易获得成功。

所以，做事前先三思，慎重地选择方向和方法，再去努力和坚持。

我有一位朋友，孩子爱好艺术，也很有艺术天赋，参加各种艺术表演，总能获奖，但文化课成绩一般。朋友不管孩子的实际情况，给孩子报培训班，要求孩子在文化课上拔尖，以考个理想大学。这让孩子处在高压之下，不仅成绩提升不大，还患了心理疾病。在医生和老师的帮助下，朋友重新做出选择，根据孩子的能力与兴趣，让孩子选择了艺考。孩子慢慢变得开朗了，学习自觉又努力，后来考上一所著名大学的艺术学院，现在发展得很好。

人到中年，事业没什么成就，也不必太慌，很多人的成功都起步于中年，甚至更晚，只要找准适合自己的方向，找到自己的强项，坚持下去，一样可以成功。有人说，人生若觉无作为，就去看看黄公望。黄公望的人生，50岁前都是不太顺利的。年过五十，有的人会认为人生也就这样了，得过且过，但对于黄公望而言，人生盛宴才刚开始。年过五旬的他潜心习画，终于在年过八旬时完成了传世画卷《富春山居图》。

努力并没有错，但关键还要选择好努力的方向和方法。选择对了，自然就会越努力越成功。人生之路，关键的一步在于认清自己，三思而择，选择适合自己的路，不要有"揽镜人将老"的担忧，因为方向对了，坚持前行，什么时候开始都不算晚。

（原载2021年7月21日《东楚晚报》）

懂得事有回音

朋友为人低调，不喜张扬，默默做事，却不太受人喜欢，后来一问，才知朋友在"事有回音"方面做得有点欠缺。比如每次接到任务后，他都会认真去落实，但事情进展如何，直到事情已完结，他都不主动报告，让交办者没能及时掌握事情的进展情况，甚至还出现因信息不对称，结果与预期相差甚远的情况，影响了工作。

听了朋友的故事，我在想，把任务交给你，不是说交办者就不要负责任了，他依然是责任方，是要你配合他共同完成这项工作，自然他也就有必要知道事情的进程，要清楚事情进展顺不顺，是否需要其帮助协调解决问题，最后得到的是不是他想要的结果，需不需要改进提升。

事有回音,其实也是一种工作方法,让交办者及时掌握情况,做到心中有数,从而更好地推动工作。很多时候,工作已经在推动,但也就是因没回音,不但影响工作,还让交办者担心、误解,甚至影响了对对方的看法,产生不信任的情绪。

工作中需要事有回音,在生活中何尝不是这样?也许我们常碰到这样的情况,你给某位朋友发条微信,然而对方却当作没看见,默不作声,你不知道他是否收到,也不知道其态度,如此一来,不仅影响了你的心情,甚至还会觉得对方不尊重自己,没把自己当回事。

这也使我想起另外一位朋友的故事。这位朋友的孩子大学刚毕业参加工作,一个人在城里生活。一天,朋友从早晨到晚上,接连给孩子发了好几条微信,结果没回,打电话也没接,朋友着急担心,驱车来到城里,一问才知孩子因工作忙,没回信息,也没接电话。

这样的事例在现实生活中也不少,很多时候,我们没及时回对方信息,甚至忘了回,很可能好好的一段友谊因之散去,好好的事情给办砸了,甚至难以挽回。

懂得事有回音,不仅是一种生活态度,更是对人的一种尊重,它会让你工作更顺利,让朋友觉得受尊重,让你们的友谊更长久。

(原载2021年9月24日《今晚报》)

父亲的犁田哲学

我的老家在一座大山的深处,那里是林区,为了解决吃饭问题,祖祖辈辈在大山里开垦了梯田,用来种植水稻。

父亲是犁田的好把式。他犁田不怎么用鞭子,也不怎么吭声,可不管什么牛,不管牛有多烈,在父亲手里都会变得很温顺。年少时,我常在田埂上看父亲犁田,看到他那般轻松自如,我也很想像父亲那样犁回田试试。

机会终于来了。那年我正在上初二,在一个星期天,我给父亲送牛草。父亲有些累了,正坐在田埂上休息,我便向父亲请缨,想"一试身手"犁回田。我家老黄牛头上有一对像扁担似的角,我们亲切地称它"扁担角"。那天我对着它说:"扁担角，我给你喂过草，你可要听我指挥啊。"然而，我原以为简单的犁田却无法进行下去，犁头在泥土之下不听使唤，而我的好朋友"扁担角"更是不买我的账，把犁架掀翻在地。

看到我窘迫难过的样子，父亲从田埂上起身，来到我身边对我说，犁田是门技术活，需要掌握技巧。父亲说："牛是有灵性的，要犁好田，首先要心疼牛，爱惜牛。牛鞭不是用来打的，是监督和鞭策用的。犁田的人对牛要有敬畏感，才能让它'不待扬鞭自奋蹄'。犁田时要用心，眼手脚并用，深浅匀称，不能深一犁、浅一犁。扶犁的时候眼睛要瞄着拖头，不能东一犁、西一犁。"

在父亲手把手的耐心教学之下，我总算学会了一些犁田的基本技巧，但与父亲的娴熟比起来还差得太远。

回家的路上，父亲语重心长地对我说："孩子，其实人生就如犁田，很多事情看起来容易，真正做起来就很难了，做人做事要常怀敬畏之心，对每件事每个人都要用心用力认真去对待。"

人生如犁田，父亲的犁田哲学让我至今仍受益匪浅。

（原载2021年8月12日《羊城晚报》）

别忽略了身边

一位爱好旅游的朋友跟我说，他去过很多国家，在国内也去了很多景点，但当我问起他生活的城市的几个景点时，朋友说没去过，不太了解。我说外地人千里迢迢来这城市，就是为了看这些景点，而你为何生活在这城市，却忽略了身边的风景？朋友说因为觉得身边的景点不是风景，去远方，才有风景，更何况身边的景点随时可以去，不着急。

有时候，我们心系远方，却忽视了身边，认为身边的景点都是普通的，不珍惜、不在乎。其实，远方的是风景，身边的又何尝不是呢？在追寻远方的同时，也要把眼光关注一下身边，或许就是这个小小的转变，你会得到意想不到的收获。我们会发现，身边的很多地方，有与远方不一样的诗意。人所共知的景点是风景，你曾经生活过或成长的地方，比如读过的村小、父亲带你赶集的老街、与小伙伴玩耍的小河、屋后放过牛的小山坡，还有常去的这家餐馆、那家书店……你再次去走一走，看一看，可能会看到与以前不一样的风景。

也许就是因为在身边，想着风景"随时可去，不着急"，把身边的美好忽略了，当有一天要离开时，却发现对这个生活了很多年的地方的历史文化、风土人情、大街小巷、山冈田野等还不是很熟悉，当别人问起时，只能尴尬地说一声：没去过，不了解。这实在是人生的憾事。

看风景如此，对待人和事也常这样。

生活中，我们对待外人，十分注意言行举止，总是彬彬有礼，而对待身边的人，特别是家人，却容易把不愉快撒在他们身上，忽略了他们的感受，最亲的人往往最易受伤害，实在不应该。作家史铁生曾说：我真想告诫所有孩子，千万不要跟最亲爱的人发脾气，我已经懂了，可是我已经来不及了。在孝敬父母方面，我们也常想着"随时可以，有的是机会，不着急"，更多的时间精力给了工作和自己的休闲娱乐，结果忘了给父母打电话，或者数月没有回去看一次父母，没有带父母一起旅游过。很多想为父母家人做的事，很多想对父母家人说的话，总想着"不着急"而搁置了，以至于留下不可弥补的遗憾。

远方是风景，身边也同样精彩。不要总想着"随时可以，不着急"，因为生活常与你想的不太一样。我在想，无论是看风景,还是对待人和事,不光要想着未来,也要关注当下,既要去追寻远方的诗意,也别忽略了身边的美好。

(原载2021年5月18日《广州日报》,被《文摘报》《小品文选刊》等转载)

月下听鼾声

皓月当空，银白的月光洒在地上，站在阳台上，望着遥远天穹又圆又亮的月亮，我想起了很多年前的一个故事。

那时我还在湘西南的一座城市里生活，也是一个月明星稀的夜晚，天空像洗刷过一样，没有一丝云雾，蓝晶晶的，月光如银，又新鲜，又明亮。

应朋友邀请，来到他在城里的一座清雅的小院。院子整洁、简朴而不奢华，整个院落给人一种幽美、恬静的感觉。我和朋友在小院里天南地北地海聊起来，后来聊到朋友的父亲，他给我讲了他父亲的故事，给我放了一段他录下的他父亲的鼾声。

朋友说他是听父亲的鼾声长大的，习惯了听父亲的鼾声，于是录了一段他父亲的鼾声自己悄悄带在身边，经常拿出来放给自己听。他说每次听，仿佛父亲就在身边。他说世间好听的声音有很多很多，但他总觉得在这千千万的声音里，没有一种声音听起来能有这段录下的父亲的鼾声让自己更温暖。

与朋友月下听鼾声的故事，也使我想起了我的父亲。父亲是一个地道的农民，鼾声也很大。记忆中父亲就是干农活回来，中午坐在板凳上打个盹，也是电闪雷鸣般的鼾声，那鼾声一阵接着一阵，仿佛是在尽情地释放他劳动后留下的所有疲劳和压力。特别是夜深人静，家人睡后，除了微风轻轻地吹过，偶尔有一两声狗叫，这时候的大山万籁无声，父亲雷鸣般的鼾声时缓时急，持续的时间长，响彻整个屋子。

我小时候常跟父亲睡，也常会被父亲的鼾声吵醒。惊醒后，我会捏住父亲的鼻子将他憋醒，要他小点声，父亲常常是猛然惊醒，然后看了看我，带着睡腔说几声"好……好……好"后，翻个身，不到几分钟，鼾声依旧……

父亲的鼾声伴随了我整个儿时的岁月。

大学毕业后，留在城里工作生活。在城里生活久了，再回乡下看望父母时，听到父亲雷鸣般的鼾声，也许是因为没有常听，已不再习惯，每次回去，晚上都很难入睡。

那是一个冬日，我们兄妹回乡下老家看望父母。冬天的山村特别冷，夜也特别长，因为父亲的鼾声实在太大，妹妹于是用手机把父亲的鼾声录了下来。

第二天早上，妹妹把录下的这段鼾声放给家里人听，家里人都在抱怨父亲的鼾声太大、太吵，说父亲的鼾声把整个房子都震动了。听了录音，听了大家的抱怨后，父亲满脸通红，很不好意思地说："今晚，我好好睡，尽量不打鼾，让你们睡个舒服觉。"

当天晚上父亲真没打鼾，我也睡得很香甜、很踏实。早上起床后，我看到父亲一双通红的眼睛，问了母亲才知道父亲为了不影响我们睡觉，一晚上在床上辗转反侧没有睡着。

听了母亲的解释，我感到无比内疚。

父亲已经70多岁了，我多次要他来城里与我们一起生活，但父亲始终不肯，说在乡下生活习惯了，并说母亲也习惯了他的鼾声，说来城里怕影响我们生活。我反复对父亲说，我喜欢听他的鼾声，觉得很好听，要父亲不要担心，但无论怎么劝，父亲就是不肯来城里。

月下听鼾声也使我想起父亲看我写给他的书信的故事。

我的老家在一座大山的深处，记忆中的老家交通很不方便，没有通公路，对外的通道是一条印满牛蹄印的歪歪扭扭的山间小路，那时整个村子里只有一部手摇电话，并且还要通过乡里转。

因为通信不方便，记得我离开老家在外求学时，常给家里写信。特别是读高中那会儿，我总不忘在信里写上"我会努力学习，将来有出息了，好好报答父母"这样感恩的句子。

父亲虽然只读了三年书，但也常会给我回几封信。信往往只有几百字，大多是"人争一口气，佛争一炷香""吃得苦中苦，方为人上人""做人要正派老实"之类的劝勉。

我写给父亲的信，他一封不差都收在他那个宝贝牛皮纸袋里。

听母亲说，我上高中时，家里经济特别困难，为了多赚点钱给我们兄妹上学，父亲拼命地干活，有时他在田里干活，还带着一封我写的信，累了就拿出来看看，看完后他似乎又有了使不完的劲。

去年我回乡下老家过年时，母亲说父亲现在还时不时打开他的牛皮纸袋，拿出我写给他的信来看一看，有时还看得泪流满面。听母亲说这些时，我的眼睛湿润了。

或许在很多年以前，在年少之时，我可能想象不到，朋友为什么要录下他父亲的一段鼾声时常放给自己听，我父亲为什么为了让我们睡个舒服觉竟一夜未睡，父亲为什么会把我曾写给他的书信常拿出来看，但随着年岁的增长，经历过人生的风风雨雨后，体会过人生的一些酸甜苦辣后，我现在越来越懂他们。

深夜，整个城市已静静安睡。皎洁的月光，像水似的倾洒下来，阳台上的月光比外面更加明朗，我走进书房，坐在书桌前，拿起笔给父亲写了一封长长的信，准备像上学那会儿一样，通过邮局寄给还在大山里生活的父亲。

（原载2020年12月13日《天津工人报》，被选为八年级语文课文同步练习试题）

又到油菜花开时

春日暖阳,与朋友相约去郊区踏青,站在阳光下的田野里,开得正艳的金黄的油菜花随风摇曳,一阵阵带着泥土清新的花香扑鼻而至,"嗡嗡"的蜜蜂在花丛中穿梭,美丽的蝴蝶飘在花中翩翩起舞……让人心旷神怡,顿感温馨惬意。熟悉的味道,熟悉的情景,让我不由得想起儿时的家乡,想起关于油菜花的那一段段美好的记忆。

我的老家在湘西一座大山的深处,那里山高林密,复岭重岗,祖祖辈辈在大山里开垦了很多梯田。儿时的老家,每到入冬前夕,乡亲们就见缝插针地在梯田里、山野间播下油菜籽。每年花开时节,盛开在梯田里、山野间的一片片、一块块、一簇簇、一畦畦的油菜花将村庄铺成了金色，映衬着如黛的山峦，汇成了一幅美丽的乡村春景图，把乡村点缀得如诗如画。

油菜花地也是儿时我们的乐园。每当油菜花开，我和小伙伴们就会去梯田里、山野间感受这无边的金黄，或在花丛中捉迷藏，快乐地奔跑，追逐，在田埂边追赶蝴蝶，演绎着一幕幕"儿童急走追黄蝶"的村戏；或伴随着暖暖的春风，俯下身子陶醉于花香；或在油菜地放牛，牵着牛绳让老黄牛啃着刚刚露头的鲜嫩小草；当然还有一边打猪草，一边放开歌喉尽情歌唱的；玩得正兴时，几只低飞的燕子从空中俯冲下来，似乎也要参与到我们的快乐中来……

关于油菜，有资料显示，在新石器时代的原始社会文化遗址里，就有陶罐里碳化了的油菜籽。自古以来，文人墨客也有不少关于油菜花的名句诗篇。西晋诗人张翰就有诗："青条若总翠，黄华如散金。"诗里的黄华即油菜花。唐代诗人刘禹锡亦有"百亩庭中半是苔，桃花净尽菜花开"的诗句。宋代诗人杨万里更有入选儿时语文课本的，家喻户晓、妇孺皆知的《宿新市徐公店》："儿童急走追黄蝶，飞入菜花无处寻。"明代王守仁也曾写诗描写油菜花："油菜花开满地金，鹁鸠声里又春深。"

菜籽油也曾是乡亲们最主要的食用油。家乡曾流传着一句顺口溜："家有菜籽油，吃油不发愁。"油菜花谢后结成菜籽，待到油菜籽成熟时，整个乡村都弥漫着香喷喷的味道。乡亲们把晒干了的油菜籽送去榨油坊，榨出清亮亮的菜籽油，清香醉人的香气充盈整个油坊。

菜籽油还是乡亲们送给客人的礼物。记忆中，大山里的老家，淳朴善良的乡亲们很好客，有客人上门，常用空酒瓶装一瓶满满的菜籽油送给客人。记得很多年前，一位乡亲来广东打工，顺道来看我，也给我带来一瓶家乡的菜籽油，我把它收藏起来，至今都舍不得用。

儿时的我很喜欢吃菜籽油炒的菜，让我记忆特别深刻的一道菜，是用菜籽油泡红辣椒粉炒鸡蛋。记得儿时，母亲时常给我们兄妹炒这道菜，记忆中也特别香，每次菜还没出锅，香味就溢满了整个屋子。来城里工作生活后，我也经常做这道菜，但吃起来，总觉得没有母亲做的那么香。

又到油菜花开时，站在田野里，看到眼前这一片金色的海洋，倾听着油菜花开的声音，微风刮过，泥土的芬芳和油菜花的清香迎风飘来，这醉人的春天的味道，令人沉醉。

（原载2021年2月24日《羊城晚报》，被选为2021天津市北辰区中考模拟考试语文试题现代文阅读题）

卖菜哲学

父亲是一个老实巴交的农民,从不耍任何滑头。在干好农活的同时,为多挣点钱供我们兄妹上学,他常常把家里种的菜挑一些去卖。

那年高三,我正处于人生的一个关口。一天晚上,父亲走进我的房间,要我第二天跟他去卖菜。第二天,我跟着父亲来到菜场,一比较才发现,别人家的菜都是水灵灵的,新鲜诱人,我们家的菜显得土头土脑,就是菜地里出来的原样。上午,来买我家菜的大多是老顾客,并且都不还价。那些在我家菜摊前看一下,又去别人菜摊比较的人,大多选择买别人家的菜,因为看上去确实更诱人。上午太阳一晒,别人家洒过水甚至用水洗过的菜，到下午叶子有的变色，有的烂了，只好降价卖，而我们家的菜依然还是上午那个模样，价格没降，但更多的人选择买我家的菜。

我对此不解，父亲说："上午我们的菜由于没有洒水，没有洗过，样子土里土气，没有别人家的诱人，只有老顾客经过长久打交道，知道我们家的菜货真价实。下午，由于我们的菜没有洒水，没洗过，菜不会轻易变色，更不容易烂，所以下午就有不少新顾客，并且这些人会慢慢加入老顾客的行列中。"

父亲接着说："要你出来卖菜，只想告诉你，今后选什么样的道路，你自己做主。但不管你以后做什么事，都要扎实，要做长远计，不要耍花架子，不要只顾眼前，要向别人展示真实的自我。"

父亲的话使我深感震动。人生其实就如卖菜，只有展示真实的自我，才能真正长久地得到别人的认可。做人必须扎扎实实，脚踏实地，靠耍花架子能取巧一时，却不能长久。

后来，我选择了南下打工。起先在建筑工地里，干过搬运工，和过水泥，打过土石，都任劳任怨，苦干实干。后来在一家企业做事，凭着踏实工作，不搞花架子，我从普通员工干到了车间主管。再后来，我赚够了学费，回到学校学习，以优异成绩考上了大学。在大学里，我勤学苦读，始终牢记父亲的教诲。毕业时，凭着优异的专业成绩和在报刊上发表的100多篇文章，我赢得了众多单位的青睐。工作后，我又靠着苦干，靠着实实在在的工作业绩赢得了众人的认可。

人生如卖菜，要实在、实干。感谢父亲的卖菜哲学，让我受益一生。

（原载2021年3月26日《今晚报》）

母亲心中的路

在翻看手机时,看到一张多年前母亲与乡亲们在修公路时的照片,它把我的思绪带回了遥远的湘西老家,使我的脑海里不由得浮现出那一个个关于母亲心中的路的故事。

我的老家在大山深处,记得小时候,去乡里要走30多里路,这不是公路,是林间的山路,车不能行,只能步行。那时在我们那里,别说汽车、摩托车,就是自行车也是没有的。

小时候,我常和小伙伴们沿着印满牛蹄印、高低曲折的山路去大山里砍柴。年幼的我们挑着柴走在那窄陡的山路上,现在回想起来都有点害怕。因为山路实在太陡,每一步都要走稳,否则一不小心就可能滑倒甚至滚下山坡。去上学也要走这条隐没在茅草丛中的山路，如果碰到有露水的日子，我们走到学校时，裤子鞋子都是湿的。

路是对外的连接点，村民下山上山，来来往往，去乡里赶集，都得走这条小路。记得那时，母亲常跟我们说要是能把这条小路修宽点就好了。母亲在心里这么想，她也想方设法去将这个愿望变成现实：她挨家挨户地去发动去劝说，动员村里人一起来修路。在她和村民的努力下，终于把这条通向山外的小路修宽了。路修好后，我们去上学，裤子鞋子不会再被露水打湿了。小伙伴经常在我面前称赞我母亲，说是我母亲做了一件大好事，那时我觉得特别自豪。

后来，周边的村通公路了，母亲便常跟我和在家乡工作的哥哥说："邻村都将公路修到家门口了，我们村也要想办法将公路修到村里来。"因为是大山深处的村子，一个自然村就一百来号人，要修通公路，则需要几十万元。几十万元，对于一个大山深处的山寨来说，谈何容易？我和哥哥就"故意"跟母亲开玩笑说她是"爱管闲事的乡村妈妈"。母亲没有理会我们，那段时间，她常与村干部们讨论修路进村的事情，在母亲和村干部的发动下，通过村民的努力，终于让公路修通到了家门口。

那年春节过年，我第一次开车回家。到家后，母亲说："你看，现在多方便，车可直接开到家了，要是没通公路，拿点东西都要肩挑，多不方便！我们在家里千方百计把公路修好，既方便了村民，也方便你们这些在外工作的人常回来看看。"母亲说这些时，我的眼睛湿润了。

虽然公路通到了村里，但因为是泥巴路，一到下雨天就坑坑洼洼，车子行驶在上面犹如跳舞。如果接连下雨，泥泞的道路更显湿滑，车子就只能停在山脚下，不敢开上山来。这时母亲的心愿就是要把村里的硬化公路搞好。党的好政策让母亲的愿望很快就实现了，国家实施"精准扶贫""乡村振兴战略"以来，家乡的公路建设迈上新台阶，一条高速公路从家乡穿过，村里的主干道全部是硬化公路，自然村的公路也全部要硬化。母亲平时待人仁慈、温和，做事却很有原则，有时也很刚气。要硬化公路，村里就选母亲去做监工，母亲满口答应，义务监工一干就是十多天。硬化路修好了，村里人都说这条路修得特别好，听到大家的称赞，母亲心里特别高兴。

母亲牵挂村里通往山外的这条路，她更关心我们兄妹的人生之路，那就是希望我们兄妹能有出息。

母亲没读过什么书，教育孩子却很有方法，她常常以讲故事的方式来引导我们。小时候，在地里干活，在昏暗的煤油灯下，在门前的老梨树下，我们兄妹常会聆听母亲讲述那一个个做人处事的故事、一个个励志的故事。小时候听这些故事似懂非懂，但我们兄妹都很懂事，常常受到村里人夸奖，学习也非常刻苦，让奖状贴满了墙。

母亲对我们兄妹的学习非常用心。让我印象最深刻的是，我上初中时，每天要走十几里地去乡中学上学。那时农村家庭很少有手表，计时主要靠看日月或者听公鸡打鸣。为了不让我们上学迟到，母亲每天听到公鸡报晓的声音就起床给我们做早餐。记得有一次快期末考试了，母亲给我们做好了饭，天却还没有亮，第二天才知道是邻居家晚上捉鸡，他家的鸡叫弄得整个院子里的鸡跟着叫，让母亲以为天亮了，早早起床给我们做饭。

母亲批评或惩罚我们也很讲究方法，她从不当着外人批评我们，都是在夜深人静时关起门来教育或惩罚我们。记得有一次，我去山上放牛，结果与小伙伴们玩扑克牌忘记了放牛这事，让牛把人家的庄稼给吃了。那天母亲主动向那户人家说了很多声对不起，还把我家地里长得最好的一块庄稼赔给了别人。晚上，母亲流着眼泪用竹枝狠狠地打了我屁股，但也从那以后，我养成了做什么事情都很认真负责的习惯。

记得我刚参加工作时，母亲便教诲我说，到了一个单位要虚心学习，要勤奋工作，要真诚待人，要大度包容，要懂得感恩，同时也要注意好身体……如果说这些年来我能在工作上取得一些成绩，常怀敬畏之心，真诚对待每个人，认真做好每件事，这些都得益于我的母亲。

母亲心中的路，无论是那条时隐时现的山间小路、自然村的公路、硬化公路，还是我们兄妹的人生之路，都承载了母亲的希望。这种希望也一直在鞭策着我不断去努力，永不放弃奋斗，走好人生路。

[原载2019年8月30日《南方日报》，被《作文周刊》（中考版）转载，被安徽、山东、贵州、广西等地选为中考模拟考试等语文试题现代文阅读题］

他乡成故乡

TA XIANG
CHENG GU XIANG

又见木菊花

近日在郊区偶见木菊花,立即勾起了我关于木菊花的记忆,使我想起儿时在外公家生活的那段难忘的时光,想起外公家的木菊花。

外公家在我老家的隔壁村,在大山深处的漂溪界。这里山连山,山叠山,近山连远山,远山之外还是山,一眼望去,周围尽是连绵起伏数不尽的山峰。周围几公里,在群山之中,在郁郁葱葱的林海里,就一栋小木屋,那就是我外公家,在我童年的记忆中,总觉得它像个世外桃源。

外公家房前屋后和院子菜园都有木菊树。我住在外公家的那段时光,正是木菊花盛开的时候,满树鲜花,红的、紫的、白的,一朵朵、一簇簇,随风吹来、沁人心腑的芳香，令人心旷神怡，闻香观色，煞是好看，美丽极了。

木菊花，学名叫木槿花，不仅供人观赏，还能入药，亦可食用，营养价值极高。记忆中，外婆常把外公摘回的木菊花与荷包蛋一起煮成汤，特别清香，格外好吃，花蕾吃起来很清脆，完全绽放的花吃起来有点滑爽，那种味道现在还让我回味。

知道我特别喜欢木菊花，从外公家回来后，那年秋天，父亲在我们家房前屋后和路边也插了很多木菊枝，没想到第二年就开花了。

母亲也从外婆那里学到厨艺，给我们做木菊花荷包蛋汤，每次吃我们三兄妹都特别开心。

关于木菊花，早在《诗经》中就有记载，木槿花味甘性凉，食之可清热利湿凉血，排毒养颜。唐代大诗人李白亦有诗云："犹不如槿花，婵娟玉阶侧。"白居易也赋诗赞咏木槿："风露飒已冷，天色亦黄昏。中庭有槿花，荣落同一晨。"元朝舒頔称赞木槿："亭亭映清池，风动亦绰约。仿佛芙蓉花，依稀木芍药。"可与牡丹、芙蓉花相媲美。

关于木菊花，外公还给我讲过一个他也是听来的故事。说很久以前，在一座大山里生长着三棵茂盛的木菊树，每年都会开很多很鲜艳的花，美丽如画，景色怡人，但有一天山里的几只凶兽发现了这美景，就想把木菊树占为己有，当地村民就与凶兽开始了木菊争夺战。在争夺中，凶兽把木菊树毁了，然后离开了大山。村民把被毁的木菊树重新种植到土壤中，木菊树竟复活了，意想不到的是第二年开出的花更美丽鲜艳。

外公讲完故事后对我说:"你这个小男子汉也要懂得向木菊学习,要敢于面对困难,学会坚强,让自己更好地成长。"

儿时的我听外公说这些时,似懂非懂,但听得很认真,还不时点点头。

还有一次,那是一个午后,从地里干活回来的外公在树下乘凉时考我说:"木菊花夜晚会开吗?"

我不假思索地回答说:"会。"

外公说:"小男子汉你答错了。木菊花一般都是早上开,太阳落下时枯萎,夜晚一般不开花。原因就是要积蓄力量,让第二天要开的花开得更美丽。"

他接着说:"其实我们也应该向木菊花学习,要学会积累,懂得厚积薄发,不要耍花架子,有付出,才会有收获。"

外公已经去世20多年了,但外公关于木菊花的故事和人生哲理,我一直铭记在心,也让我很受益。

记得那年高三,因为家里穷,哥哥和妹妹也都在上学,家里实在拿不出我们的学费,如何解决眼前的困难?我想起了外公关于木菊花的故事。

在经过两天两晚的苦苦思索后,我做出决定,去沿海打工为自己赚取学费。

那年那个下着暴雨的夜晚,暴雨汇成的水流在印满牛蹄印的崎岖山路上击起泡沫和水花,整个天空,都是炸雷的声响,震得人耳朵发麻。我怀揣着父亲从亲戚那里借来的路费,顶着暴雨,走了40多里山路来到邻县的润溪镇,跟着老乡挤上了南下的绿皮火车。

在工地上，我每天和灰、筛沙、挑砖头、扛水泥，甚至打混凝土、抬预制板。幸好我从小就干农活，能够下力气。为多赚点钱，我经常加班。长期的劳累，让我的手上长满了血疱。

尽管如此，每天晚上，累得精疲力竭的我依然坚持在老乡们打扑克、玩麻将的吆喊声里看书，纵然时常遭到一些人的讥讽，说我在做不切实际的梦。

在工地上干了差不多3个月的时间后，我去了一家鞋厂。在鞋厂，我从流水线干到领班，再到车间主任，月薪也从几百元提到几千元。然而上大学一直是我心灵上空不落的太阳、不灭的理想。干了差不多一年的时间，我把辞职书交给了部门经理。

在那个让人留恋的秋天，我回到家乡，回到久违的校园，再次开始了我的学习生活。在班上，我近乎疯狂地学习，班主任都担心我是否吃得消。

有耕耘，就有收获。那年9月，我终于用自己赚来的学费让自己走进了大学的校园。

有人说，童年活在心中，不管想不想它，它绝不会弃离自己，它属于自己的天地，随时可以全身心地融入它的境界。在城里工作，因工作忙，很少回家乡看看，自然也很少去漂溪界，但童年生活在漂溪界的那段时光时常浮现在我的脑海，时常涌上心头，让我时常想起外公家的木菊花。

（原载2020年11月8日《辽沈晚报》，被选为2021中考语文总复习现代文阅读练习试题）

一棵杨梅树

我老家的晒谷坪前，不知什么时候长出了一棵杨梅树。我在想这棵野生的杨梅树是怎么长出来的？也许是路人吃了杨梅，把核留在这儿生长起来的，也或许是含着杨梅的鸟儿飞过，杨梅掉在这儿长出来的……

这棵野生的杨梅树被发现后，我感觉与其他的果树一天一个样相比，它长得实在太慢了。

邻居们看到这棵野生杨梅树，都说留着没什么用，因为这种野生的杨梅树很可能不会结果，就是结了果，也会是那种又酸又小很难吃的，要种也要选择好品种的杨梅树。

哥哥和妹妹也说，留着这棵小杨梅树

没用，要砍掉它。

母亲却说："既然这棵杨梅树来到了我们家，那就让它自然生长吧，要不要砍掉它，看以后生长的情况再说。"

父亲和我都没有发表意见。

因为是棵野生的杨梅树，大家自然很少去打理它，不关心，不照顾，也没抱什么希望，更不会像对待其他的果树一样，经常去浇浇水，施施肥，捉捉虫，剪剪枝，寄予厚望。

就这样过了好几年，这棵得不到关心照顾的野生杨梅树竟然也长大了，但相对于经常有人去打理的其他果树，感觉长得还是慢了些。

又过了几年，家里其他的果树没有辜负我们的期望，都陆陆续续开花结果了。

尽管这棵野生的杨梅树也已长得枝繁叶茂，却迟迟没有结果，树上一颗杨梅也没有。

哥哥对母亲说："我早就说要砍掉这棵杨梅树，您却说要让它长长再看，现在长大了，结果怎样？就是一棵不会结果的杨梅树。"

邻居们也是时不时老调重弹，对我们说："这棵不会结果的杨梅树留着没用，不仅占地方，还会影响其他果树的生长，还是砍了吧。"

看到迟迟不结果，一直没发表意见的父亲，似乎也有些看法了，也认为它是一棵不会结果的杨梅树。

父亲对母亲说："要不把这棵野生杨梅树砍了吧，在晒谷坪前占地方。"

母亲却说:"要不再等一年,看看它明年会不会结果?"

父亲说:"那好吧,如果明年还不结果,就把它砍掉。"

对这棵野生的杨梅树,我也一直在想,它到底会不会结果呢?如果明年还不结果,很可能就留不住了。我有时甚至在想,难道这棵杨梅树是怕结出的果实又酸又小不好吃,不敢结果吗?

很快就到了第二年春天,其他的果树都是满树鲜花,果实也随后挂满了枝头。

我很想看到,这棵野生的杨梅树也能果实满枝头,结出又大又好吃的杨梅,证明它也是不错的,但这棵杨梅树再次让我们失望了,树上还是一个杨梅也没有。

邻居们在闲聊时,又在议论这棵杨梅树,说留着真没什么用,再次建议我们砍掉这棵杨梅树。

父亲、哥哥和妹妹似乎还都有点责怪母亲,说就是一棵不会结果的杨梅树,早就应该砍掉。

看到又没有结果,母亲似乎也有点动摇了,认为这树真可能不会结果。

但要砍掉这棵杨梅树,母亲又觉得有点不舍,想再留一年看看,却又找不到要留下这棵杨梅树的十足理由。

有一天父亲抡起斧子,要去砍掉这棵杨梅树。

母亲笑着对父亲说:"要不再留一年,看看明年会不会结果,也许它是一棵晚结果的杨梅树。"

父亲说:"不要等了,这就是一棵不会结果的杨梅树,还是砍掉吧。"

站在一旁的我也帮着母亲跟父亲说:"要不还是再留一年吧,留着也可以遮遮太阳,还可在下面乘乘凉。"

看到母亲和我都这么说,父亲似乎也有点犹豫了。

也就在这时,下起雨来。

父亲说:"下雨了,也不好砍,那就再多留一年吧。"

就这样,这棵野生杨梅树又留了下来。

那时我每次从树下经过,都会在心里对它说:"你要争气,要是明年再不结果,那就真会被砍掉了。"

又是一年春天,这棵野生杨梅树终于结果了。

我和母亲都特别高兴。

关于这棵杨梅树的话题,大家自然也由不会结果变成了果子好不好吃。

邻居彭叔叔说:"这种野生的杨梅树,结的杨梅肯定是又酸又小很难吃的,我家菜园里砍掉的那棵杨梅树,就是这种。"

被他这么一说,原以为结了果子后的杨梅树有了转机,但一想如果结出的杨梅,真的是又酸又小很难吃,能不能留这棵杨梅树,似乎还很难说。

那段时间,我在心里又担心起这棵杨梅来,担心它结出的杨梅会真的又酸又小很难吃。

随着时间一天天地过去,看到树上的小杨梅变成了大杨梅,担心的又酸又小很难吃,这个小不必担心了。

大小有了结论,好不好吃,又成了讨论的话题。

终于等到了杨梅成熟的时候。

一天父亲爬到树上去摘杨梅,为证实好不好吃,父亲没来得及洗就尝了一颗。

我们在树下都迫不及待地问:"好不好吃?"

父亲惊喜地大声说:"哇!很好吃,很甜呢!"

听了父亲的话,树下的人各种表情都有,但我很开心,母亲也特别高兴。

父亲摘了杨梅下来后,树下的我们也都来不及洗,就尝起来。

尝后大家都说:"没想到,一棵野生的杨梅树,结出的杨梅竟然这么好吃。"

这个故事已经过去很多年了,这棵几次差点被砍掉的野生杨梅树,现在还在我家晒谷坪前,比以前更加枝繁叶茂,又大又甜的杨梅,每年都会挂满枝头。要是碰到杨梅成熟的季节,来我家的客人都会吃到这棵野生杨梅树上的杨梅,吃后客人们也都会赞不绝口,都会说这杨梅非常好吃,父母也常会把这棵杨梅树的故事讲给客人们听,似乎也是想告诉他们某个道理。

(原载2021年7月6日《羊城晚报》)

故乡的野百合

午夜，静坐在书桌前，翻看德富芦花的《山百合》，书中的文字把我带回久别的故乡，带回到山峰壁立、竹木青葱、山花盛开的大山里，让我仿佛看到了大山里那一丛丛一簇簇白的黄的粉的百合花，闻到了故乡野百合飘来的那特有的清香。

记忆中，故乡的大山里，山坡上、山脚下、山沟、峡谷、田埂、溪畔……到处都生长着野百合。盛夏时节，大山里的野百合竞相开放，站在山头，在金色的阳光下，看着点缀在林海里盛开的百合花，听着从大山里传来的清脆欢快的鸟叫声，一阵轻风吹来，泥土的芬芳和百合花的清香，令人神清气爽、心旷神怡。

小时候，我常和哥哥去大山里采摘野

百合，他也常常自豪地在我面前讲些野百合的知识。

记得有一次，我和他去采石丘采摘百合花。在山坡上，他突然指着一棵野百合对我说："老弟，考你一个问题，你知道这棵野百合的年龄吗？"

那时还在上小学二年级的我自然是不知道的，于是我摇了摇头说："不知道。"

我接着问哥哥："那您知道它的年龄吗？"

哥哥得意地笑着说："我当然知道，它两岁。"

我赶紧好奇地问道："那您怎么知道的？"

哥哥一副很神秘的样子，故意不紧不慢地对我说："老弟，我们这里的野百合与其他地方的不一样，它们虽然生长在这大山里，没人照顾，也没人看管，就这样默默地静静地生长在山野里，但它们很有灵性，它们用花的朵数来记录自己的年龄，每增长一岁就多开一朵花，也从不多开。要想知道我们这里野百合的年龄，其实很简单，数一数枝上花的朵数就可以了。这棵百合开了两朵花，当然就是两岁。"

听了哥哥的话，我点了点头，心里却总觉得不太可信，难道野百合真的这么有灵性、这么聪明吗？带着疑惑我特意问了村里的一位老爷爷，他也是像哥哥一样说，还说这是村里的上一辈流传下来的。到了今天，我当然知道这种解释是缺乏科学根据的，是有待考证的。

百合花有百年好合、百年长寿、百事顺心之寓意。现在人们常常买百合送给亲人、朋友以表祝福，也常会把百合花插在家中观赏，或为家人祈福。自古以来，百合花就受文人墨客的青睐，他们留下了很多关于百合花的名篇佳句。南北朝萧察就有咏百合的诗："接叶有多种，开花无异色。含露或低垂，从风时偃抑。甘菊愧仙方，丛兰谢芳馥。"宋代大诗人陆游特地利用窗前平坦的土丘来种百合，在百合花开时，咏诗曰："芳兰移取遍中林，余地何妨种玉簪。更乞两丛香百合，老翁七十尚童心。"明代王夫之也有咏百合的诗："莲瓣浓含粉，药房素养胎。舔来千种束，不放寸心开。"当代诗人席慕蓉也有描写百合的诗句："与人无争，静静地开放，一朵芬芳的山百合，静静地开放在我的心里。"

野百合留给我儿时的记忆，不仅是美丽的野花，更是一种美味。野百合的根呈球状，似蒜瓣，色如白玉，状如龙牙，含有丰富的淀粉以及大量的脂肪和蛋白质，不但可以食用，还能入药，具有润肺止咳、补脾健胃、清热解毒等功效。《尔雅》有云："小者如蒜，大者如碗，数十片相抱合成，状如白莲花。"《神农本草经》也有关于百合的详细记载，张仲景的《金匮要略方论》更是记载了百合炮制的方法。

记得小时候，每到金秋时节，我和哥哥就会跟随父亲上山去挖野百合。父亲说这时的百合肥美多汁，鲜嫩脆甜。挖百合也是有技巧的，会挖的一会儿就能挖到很多完整的百合，不会挖的常把百合挖断。挖百合的时候，父亲总是教导我们，不要把百合都挖绝了，每处都要留些种，这样来年才能再有百合挖。

百合挖回后，母亲将其洗净，或蒸或煮或炒着给我们吃，当然有时也会用百合煲汤熬粥。如挖回的百合多时,母亲还会将其晒干后收藏起来,待食之再取出……我最喜欢吃的是刚挖回来的新鲜百合和辣椒一起炒肉,清脆爽口,鲜香味美,那是别有一番风味,是儿时喷香的下饭菜,那种香味仿佛现在还停留在嘴边,让我时常回味。

关于野百合,哥哥还给我讲了一个他也是从村子里大人那里听来的故事。说有一年大山里闹饥荒,乡亲们没有食物吃,有一天一位长者在大山里找到一种根部似蒜头的植物,他挖回后发现,这种植物不但可以充饥,而且味道很美,于是他带着乡亲们在大山里挖这种植物吃,带着乡亲们度过了灾荒。更让人惊奇的是,吃了这种植物后,村子里一些患病的人也一个个好了起来,全变得健康了。后来乡亲们将这种救过他们命的植物取名为"百合"。当然这只是一个在我们大山里流传的民间传说,也没有人去考证过,但也就是这些流传的民间故事为我的童年生活增添了许多乐趣。

野百合还让我想起了很多年前老家的一位朋友,他去深圳打工,顺道来看我,因为他知道我特别喜欢吃老家的野百合,于是特意给我带来了一袋百合干。那天晚上我与他聊了很久,聊到深夜,说起了儿时很多事、很多人,忆起儿时一起在大山里采百合花、挖百合根的快乐时光……

我离开故乡很多年了,现在生活在繁华的都市,一年四季在花店似乎都能看到百合花,在菜市场、在干货店也常能买到百合。我也常会买些百合花带回家插在花瓶里,想象着那是故乡的百合花在绽放，也不时会买些百合回来吃，但我总觉得从花店买回的百合花远没有故乡大山里的漂亮，城里的百合也总吃不出家乡的野百合那种味道来。

（原载2021年第9、10期《南方》杂志）

第一次做生意

夜深人静,坐在书桌前,翻看从旧书摊买回的一本旧书《生意人》,回忆起了故乡,想起儿时在大山里生活的岁月,想起难忘的第一次做生意。

那是我读小学六年级时暑假的事情。

炎热的夏天,热烘烘的太阳如火笼罩着大地,把土地烤得滚烫,树上的鸣蝉在力竭声嘶地叫着,从树上飘下来的蝉声似乎都是温热的,一阵热风忽然从田野里吹来,地面升腾起一股热流,仿佛整个山村都是热的。

也就是在那个夏天,我家里的水稻生病了,必须得买农药来治疗,然而那时家里又实在是拿不出钱来,大山里的乡亲们生活都不宽裕,也很难借到钱。

乡亲们为了解决吃饭问题，祖祖辈辈在大山里开垦了很多梯田，用来种植水稻。水稻对乡亲们来说，那重要性是不言自明的，因为关系到一家人一年吃饭的大问题。

如果不买来农药治，没准几天水稻就全完了，一年就失收了。我清晰地记得那几天老实巴交的父母都急得睡不着觉。看着父母着急，我也在着急，一个人的时候眼泪就不争气地往下流，那时我在心里暗暗地想，一定要想出办法解决这个难题。

正在我们冥思苦想的时候，太阳落山了，在落日的返照中，大山里夏日的黄昏还很光亮，很透明。我突然抬头看到我家旁边堂叔家的那棵李子树，那棵结满了果子的李子树，脑子里立即有了一个念头，那就是用赊账的形式，把堂叔家的这棵李子树上的李子买下来，然后挑到街上去卖，用赚来的钱买农药。

大山里的交通极不方便，村民上山下山，来来往往，去乡里赶集，对外的连接点，就是这条印满牛蹄印、高低曲折的山路。那时的老家，别说汽车、摩托车，就是自行车也是没有的。乡亲们日出而作、日落而息，过着自给自足的生活。乡亲们很少有做生意的，就算是自家门前果树上的果子，也大多是自己吃或送给邻居吃，实在吃不了就烂在树下，很少有拿出去卖的。

说干就干，我鼓起勇气跟堂叔说了我的想法。因为李子不卖自己也吃不完，卖了还可以得到钱，从来没做过生意的堂叔满口答应了，并说赚到钱就给钱，没赚到钱李子就算送给我了。

我回家把想法告诉了父母，他们听后非常惊讶，因为在此之前他们也没有做过生意，更没有想到这个办法。但那时父母实在没有其他办法能找到钱,于是就同意了我的想法。

  那是一个让人难忘的清晨,灰色黎明的天空闪耀着稀疏的晨星,月亮还在天空中。因为要去街上卖李子,父母和我们兄妹都很早就起床了,全家人把堂叔家那棵李子树上的李子全摘了下来,然后用清澈得能看见水底沙石的井水,把李子洗干净,装进了竹筐。

  匆忙吃了早餐后,父亲带着我们沿着那条窄陡的山路去赶集,每一步都要走稳,否则一不小心就可能滑倒甚至滚下山坡。就是沿着这条山路,我们把李子挑到了离家30多里地的街上,我鼓起勇气第一次做生意,在大街上卖起李子来。没想到的是,那天卖得很顺利,所有的李子很快卖光了。一算账,还了堂叔的赊账款,还赚了8块钱。那年也就是用赚来的这8块钱买了农药。

  或许是受了我那次做生意成功的影响,此后,乡亲们把自家的东西挑到街上去卖的也多了起来。

  儿时做生意的事情已经过去很多年,如今我的家乡也发生了翻天覆地的变化,乡亲们的生活都富裕起来了。老家现在的这些小孩也许不会想到,在村子里曾经有一个像他们那么大的小孩,为了赚钱给水稻治病做了一次生意。

(原载2021年5月4日《羊城晚报》,被选为2021年中考语文试题现代文阅读猜押题)

灶屋里的家教

在大山深处的老家,乡亲们称厨房为灶屋。灶屋是山里人生活必备的地方,因此家家户户都有"灶屋"。

有灶屋就有灶。山里人的灶大多是用黏性很强的黄泥巴垒成的,当然也有用水泥和砖垒成的。灶台呈月牙形,以三锅灶为多,每口锅对应一个灶门,大小不等依次排列,大锅煮猪食,中锅小锅煮饭炒菜,在炒菜和煮饭的两个铁锅之间,砌有一个用来热水的圆锅。记忆中,老家垒灶不是随便什么人都可以垒的,有专门的垒灶师傅,我们称之为灶匠。

老家的灶大多以木柴为燃料,因此灶也叫柴火灶。灶前会摆一小板凳,以便添柴烧火时坐。山里人的房前屋后,大多会有柴堆。柴多利己,小时候在老家谁家门前要是有一个大柴堆,都会引来别人的称赞,说这家人会过日子。孩提时的我常常去大山里砍柴,特别是暑假,我们三兄妹每天各自砍两担柴,一个假期下来,家里的屋檐下、晒谷坪里就会堆满整整齐齐、刀口清晰的木柴。孩提时的我们看到一个个柴垛,看到自己的劳动成果,也会觉得很快乐、很自豪。

老家的灶屋虽然很简陋,却给我留下许多美好的记忆,让我品尝到孩提时心中的"美味佳肴",听到很多受益一生的精彩故事。

记忆中,小时候大山里的冬天特别冷,在母亲做饭时,我们兄妹常会在灶前边帮忙添柴边烤火取暖,把生着冻疮的小手伸到灶膛里熊熊燃烧的柴火前,烤得热乎发痒,感觉格外舒服。有时也会就着红红的火光,看借来的小人书,嗅着淡雅的书香,享受着难得的惬意时光。当然还有皮焦内软、香味沁人的烤红薯、烤土豆,吃起来有种淳朴的快乐。最让我难忘的还是过年时我们兄妹坐在灶屋里,看着父母杀鸡炖肉,等着馋人的年干肉、年夜饭……多少快乐就在这灶屋里。

大人望插田,小孩望过年。过年可以穿新衣服,吃到好东西,过年那几天大人大多也不批评小孩,可以尽情地玩,还有压岁钱……那时候,每年春节将至,我们就翘首企盼。

记忆中,乡村的年味要比城里浓。买年货、磨豆腐、打糍粑、杀鸡、贴对联……小时候,有好几年,我们三兄妹都在上学,因为家里不宽裕,我老觉得自己在小伙伴面前没有面子,抬不起头。过年时,在柴火灶前母亲一边做年夜饭,一边给我们兄妹讲北宋名臣吕蒙正的故事,说吕蒙正年少时,家境十分贫寒。后来,吕蒙正发愤读书,中了状元。小时候,听母亲的励志故事,虽然有些似懂非懂,却总让我浑身充满力量。母亲的这些人生道理、励志故事成了我们走出困境的"心灵鸡汤",灶屋里的家教让我们现在都很受益。

离开老家已经很多年了,但在大山深处的灶屋里和父母相处、劳作的情景,在灶前听母亲讲励志故事的情景,仍时常浮现在脑海里。

(原载2020年12月5日《辽沈晚报》,被《西宁晚报》《陇南日报》《乌兰察布日报》等转载)

故乡的茅草

清晨,从书柜拿出一本诗集,读到宋代诗人连文凤的诗句:"黄叶晚秋径,白茅深处山。"立即勾起我浓浓的乡愁,思绪飞回故乡,我想起故乡的茅草。

我是在大山里长大的。记忆中,故乡的屋前房后、山上岭下,田埂上、小溪旁,抑或石缝、水沟边,那山坡、那山谷、那山顶……漫山遍野都是茅草。

春暖花开之时,茅草青嫩柔软。儿时的我常去山上放牛,我家的老黄牛在悠闲地啃着嫩草,我躺在柔软的茅草上,仰望天上漫游的薄云从这峰飞过那峰,听大山里鸟儿清脆悦耳的叫声,看蝴蝶在空中翩翩起舞……

如果是春耕,青嫩的茅草那是耕牛的

最爱。大人们也常常会带着我们去大山里，割回最好的茅草来奖赏辛勤劳作了一天的耕牛，让耕牛吃得饱饱的，第二天耕田时有使不完的劲。有时为了不耽误割草，也会把午饭带到山上来吃，吃饭时，把柔软的茅草当坐垫，把草地当饭桌，带来的饭菜虽然很简朴，但那种愉悦欢快的吃饭场景至今仍清晰地浮现在眼前，仿佛就发生在昨天。

我喜欢茅草，还缘于喜欢嚼茅草根。小时候我常与小伙伴们结伴去山上挖茅草根。茅草根扎得很深，挖茅草根也是有窍门的，不掌握窍门，半天也挖不到像样儿的茅草根；掌握了窍门，一会儿就会挖出一大把茅草根。儿时的我们常常会把刚刚挖出来的还带着新鲜泥土的茅草根，在水井旁或小溪边洗干净，放进嘴里咂巴咂巴起来，汁液流进嘴里，满口香甜，对于儿时的我们很是解馋。那沁人心脾的甘甜让人现在都回味无穷，但相比嚼茅草根的甜味，让我更难忘的是与儿时的伙伴们一起挖草根吃草根的那种乐趣。

在我故乡，茅草根也常用来做药，比如治出鼻血、小便不利、咳嗽、气喘等。记得我小时候，有一段时间老是流鼻血，后来母亲用茅草根煮鸡蛋给我吃，结果我吃了后还真好了。当然也有乡亲把茅草根洗净后，用来泡酒的，我家就常用自家酿的米酒泡茅草根制成药酒，这种酒喝起来也别有一番味道。

故乡的茅草用途有很多，乡亲们常用来编笤帚、草鞋等家用物件。儿时的老家，爷爷辈的会穿茅草搓成细绳编成的草鞋。出于好奇，我也曾学着大人戴着斗笠，穿着草鞋下地里干活，弄得院里的堂叔带着调侃的口吻说我真像个小农民。我现在在想，我家世代务农，如果不是碰上了好时代，不是后来读大学，读研究生，说不定现在还真在老家务农，在地里干活呢。

关于茅草，《周易》早有记载："拔茅茹，以其汇。"《诗经》有云："白华菅兮，白茅束兮。之子之远，俾我独兮。"《三国演义》中有"三顾茅庐"的典故。在晋人的小说《拾遗记》中也有记载孙坚的母亲在怀孕时梦见有人送白茅的故事。大诗人杜甫亦有诗云："八月秋高风怒号，卷我屋上三重茅。"白居易的诗句"离离原上草，一岁一枯荣。野火烧不尽，春风吹又生"更是家喻户晓。到了元代，诗人王冕的《写怀》中也有"自居茅草屋，不想木兰舟"的诗句。

关于茅草，我想起小时候和哥哥一起上山割茅草的故事。记得小时候，哥哥在村子里读书是出了名的，他喜欢读书，喜欢思考，也常把学来的知识用来考我们这些弟妹。

有一次我跟他上山去割草，他突然问我："老弟，你知道鲁班吗？"

我说："当然知道，不就是木匠的祖师爷吗？"

他说："那锯子是怎么发明的，你知道吗？"

我说："这……我还真不知道。"

于是他很自豪地说："我告诉你吧，是有一次，鲁班在山中被茅草割了手后，这个木匠的祖师爷受到了启发，于是就发明了锯子。"

当然，现在我觉得哥哥说的这个故事是有待考证的，但儿时的我听得很认真。

还记得有一年冬天，大山里格外清冷，寒风把不少树枝变成了光胳膊，山里的衰草也由金黄变成了灰黄。也是跟哥哥上山去割草，哥哥说要考我一句诗，问我知不知道"疾风知劲草，岁寒见后凋"的意思。我当时才上小学三年级，我就说不知道。哥哥又是很自豪地说："这句诗的意思就是猛烈的大风中，可看出什么样的草是强劲的，到了天气最冷的时候，就知道什么植物凋谢得晚，最耐寒。"然后他指着眼前的一堆还留有残雪的冬茅草说："这句诗我认为就是形容冬茅草的，你看这冬茅草平时很谦逊，任凭牛羊吃它，踩踏它，但它很坚韧，很向上，我们用手都很难弄断它，再大的风也刮不断它，无论条件怎么艰难，它都积极向上生长，就是在万物凋零的冬天，冬茅草依然能长出新的嫩芽来。"听哥哥说这些时，生活在大山里儿时的我，在佩服哥哥懂得真多时，也被茅草所表现出的精神所感染。这种谦逊、坚韧、向上的精神也一直在激励着我，现在仍让我很受益。

有人说随着年龄的增长，离开故乡越久，对故乡的思念就会越浓，故乡的一山一水、一草一木都会常常在脑海浮现。有人说乡愁是一枚邮票，有人说乡愁是一杯酒，也有人说乡愁是一条河。我说，乡愁是一棵茅草。我想无论我在哪个城市生活，离故乡有多远，故乡的茅草一定会永远留在我心中。

（原载2020年第25期《南方》杂志，入选学习强国平台，被《语文报》等转载，选为初中期末考试等语文试题现代文阅读题）

收集幸福

与一朋友聊天,朋友说,他要收集幸福。

朋友的话让我很好奇,为啥会有这想法,要收集什么样的幸福,怎样去收集幸福?

朋友说,把每天遇到的幸福,看到的幸福,听到的幸福,都记在心里,装进脑海,也可用写日记的形式记在本里,当自己不开心、不高兴时,就把收集的幸福放出来,让幸福赶走不开心、不高兴,让生活充满幸福。

朋友的话使我想起一句话,生活中不是缺少美,而是缺少发现美的眼睛。同理,生活中也不缺少幸福,而是缺少用心去发现,用心去收集。

其实幸福就在我们身边,可以说无处

不在，无时不有，关键是要懂得去发现，去收集。

父亲节孩子精心制作了贺卡，生日时一位好久没有联系的朋友发来祝福的短信，与家人一起温馨的晚餐，看到一位年轻的儿子手里牵着年迈的老父亲逛公园，看了一场感人的电影，都是幸福。

就如这位朋友所说的，如果我们能够用心去发现生活中的这些幸福，用心去收集这些幸福，把这些幸福记在心里，装在脑海里，待我们不开心时放出来，你的生活自然而然就会少了些烦恼，多了些幸福。

在生活中，也许我们常会遇到这样的事情，当你正在书房安安静静地写作时，孩子不经意跑了进来，影响了你的思维，打扰了你的写作，你正要生气，准备责备孩子时，你打开收集的幸福，放了出来，也许心态立即平和下来，怒气也随之烟消云散，放弃了责备孩子的念头。

收集来的这些幸福，赶走了不快。积土成山，风雨兴焉；积水成渊，蛟龙生焉。

生活是这样，写作何尝不是这样？

朋友的话，使我想起了一位作家朋友的故事。

我曾问这位作家朋友，为什么他会有那么多的好故事？写出的文章为啥会那么真切感人？

朋友说，这缘于他平时注意收集故事，他喜欢用心倾听、用心观察、用心思考，遇到、听到、看到好故事，都记在心里，装进脑海，有些故事怕忘记，他还专门准备了本子，记在本子里。当他写作时，就总有写不完的好故事、感人的故事。

有人说，幸福是一个人自我满足后的情绪。幸福也许很平凡，也许很小，也许就是一张贺卡、一句温馨的问候、一个感人的瞬间……但不管是大是小，只要你用心去发现，用心去收集，积少成多，聚沙成塔，这一个个幸福就会自然而然地钻进心里，储存在脑海里，这一个个幸福也会让你的生活变得更幸福。

（原载2021年6月25日《广州日报》，被《人民日报》新媒体平台、《文摘报》、《内蒙古晨报》、《牡丹晚报》等转载）

手写的贺年信

几天前，收到一封从湘西南一所乡村学校邮来的贺年信，这是很多年前我曾经采访报道过的一位乡村教师给我写来的。每年春节，我都会收到这位教师从乡下寄来的贺年信，每次都让我很感动。

认识这位教师时，我还在湘西南的一座城市里工作生活。是朋友向我推荐，建议我去采访他。我从县城乘车颠簸了几个小时，又走了40多里的崎岖山路，来到这所就一位教师——他既是校长，又是班主任和任课教师——的村小。我含着泪采访了他，熬夜写成通讯稿，后来稿件在很多家报纸的显要位置刊登出来。文章刊发后，反响很好，那年教师节，这位教师被评为优秀教师，从未去过省城的他，去省城参加了优秀教师表彰会。再后来，我与他成了朋友。

我在想，当今通信非常方便，关山万里近在咫尺，为什么这位教师每年春节都要从乡下给我邮来贺年信？书信从写到寄有一个过程，比打电话、发电邮、视频聊天慢多了，但在这缓慢过程中能抒发和体会到许多细腻的感受，写信时的思考、表达，内心情感在笔纸间浸透，那种愉快，那种惆怅，读信时那种摩挲良久，掩而不读，读而忽掩，一读再读，读而藏之或悄然焚之，那种奇妙无比的绵长韵味，是其他通信方式所没有的。

我也是一个喜欢写信，也喜欢读信的人。记得从上高中那会儿开始，每年我都会给家里写信。听母亲说我写给家里的信，父亲一封不差都收在他那个宝贝牛皮纸袋里，现在还时不时拿出来看。我也像父亲一样珍藏着别人写给我的信，也时不时会拿出来看一看，有时还会看得泪流满面……

这些年，我一直在坚持读一本杂志，之所以能够坚持下来，一个重要的原因就是每期都能读到一两封书信。

快乐别人，幸福自己，懂得感恩的人是幸福的。我的这位朋友从乡下给我邮来贺年信，给我送来了真挚的祝福，我也要给这位朋友寄去我的祝福和问候，让我的这位朋友也感觉到我对他的真情。

子夜，坐在书桌前，铺开信纸，我拿起笔给这位仍在湘西南乡村学校的朋友写了一封长长的回信，用心在信纸上写上我的祝福和问候。

（原载2021年2月18日《天津工人报》）

故乡的端午节

我喜欢端午节。

端午节在我的老家是比较重要的节日，包粽子，划龙舟，插艾，还有很多好吃的……

在我的家乡，端午是分大端午和小端午的，大端午为农历五月十五，小端午为农历五月初五。

关于大端午和小端午的来源，有很多种说法，但在我的家乡流传比较多的是说屈原五月五日投江后，由于交通不方便，消息传到我们那里时，已经过去十天了，于是在我老家便有了五月十五过大端午的风俗。

儿时的老家，嫁出去的女儿端午节会回来拜端午的，大多情况下是拜大端午，当然如果大端午不方便，也有拜小端午的。拜端午的礼物，大多是刚出锅不久的粽子和新鲜的甚至还带有余温的土猪肉，也有送来鸭或者鹅的。

记忆中，儿时的端午节，在我们那家家户户都要包粽子。包粽子前的一个多星期，乡亲们就会到山上去摘粽叶。尽管大山里粽叶到处都是，乡亲们却喜欢到深山里去，摘回自认为最好的粽叶。

粽叶摘回来后，如邻居看到了，他们也会看一看，对摘回的粽叶发表一下他们的看法，大多情况下都是赞扬、夸奖的词语，有的甚至还会把看到的邻居家摘回粽叶的情况，带回家说给家里人听。

包粽子是有很多技巧的，一环扣一环，哪一环都不能马虎。粽子扎松了，一煮就烂；火候不到位，外熟内生……

家乡的粽子，有很多种馅，比如腊肉、盐菜、红枣、绿豆、花生仁……那几天粽子的香味弥漫了整个村庄，感觉整个村庄都是香的。

在我家乡，有一种特别的粽子，形如枕头，一个顶十个，我们称之为枕头粽。枕头粽，茶杯大小，约一尺长，大约需要一升糯米才能包成，一颗粽子可能有三四斤重，切断装盘，可供好几个人食用。一只完美的枕头粽需要数根粽绳来捆绑，对包粽子的人的手劲儿也是一个大考验，力气小的人是包不好枕头粽的。蒸煮枕头粽也需要很长时间，粽子的香气才能淋漓尽致地释放。在我们那有"不吃枕头粽，不算过端午"的说法。

山里人热情、淳朴、好客，儿时的老家，院子里谁家的粽子蒸熟了，总会要小孩端几个最好的给老人们送去，也会挑一些给邻居们送去……

除了吃粽子，关于端午节，儿时的家乡划龙舟也是乡亲们很感兴趣的。划龙舟是有讲究的，也有很多规矩，这些对儿时的我们来说，自然是不太懂的。儿时的我们最想看的就是河两岸站满观看龙舟赛的乡亲们，河中几条龙舟在鼓声中、呐喊声中飞速前进，场景十分壮观，比春节看舞狮、舞龙，看春戏的人还要多。

龙舟赛结束后，孩提时的我们也会跟着大人们对夺得冠军的龙舟队赞扬一番，说他们如何如何厉害，说他们如何一鼓作气，各个环节都配合得很好⋯⋯

儿时看龙舟赛也给了我们启发，让我们从小就懂得做事情要有团队精神，如果没有团队精神是很难把事情办好的。

一场龙舟赛，往往会让儿时的我们讲很久很久，甚至还会想象自己哪一天也能去划龙舟，也能参加龙舟赛，去感受夺冠后的那种自豪。听我哥说，有一年我看完龙舟赛回来后，有几个晚上，我都在梦里大声地喊加油，大声地说我们夺冠了，把跟我同床睡的哥哥都惊醒了。听院子的小伙伴们讲，他们也有过与我同样的故事，儿时的我们讲起这些时，觉得有点害羞，但也觉得很有趣，睡梦中的场景现在还不时在我的脑海里回放。

在我家乡，端午节插艾也是很流行的。大人们说，插艾也是有讲究的，要早早起来，去拔"拉露水"的艾，也就是说要拔太阳没出来之前的艾，然后把拔回的艾插在门上，用来驱瘟除邪。

关于端午节在门上插艾，在我老家也流传着很多民间传说，这些传说自然大多是讲先辈们如何用艾来驱瘟除邪、祈福佑安之类的。尽管这些只是在我们那里流传的民间故事，但为我的童年生活增添了许多生趣，也可以说算得上是我的启蒙文学。

当然到了今天，我已经知道，端午节为什么要插艾，其中一个重要的原因就是艾的茎、叶含有芳香油，可用来杀虫和防治植物病害。端午已入夏，蚊蝇滋生猖獗，在门上插艾，艾挥发的芳香气味，既清洁了空气，也驱赶蚊蝇。我也时常在想，我们的先辈们实在是太有智慧了。

儿时的我喜欢端午节，还有另外一个原因，那就是拜端午。嫁出去的姑姑们都会回来拜端午，母亲也会去外婆家拜端午。反正这一天很热闹，不管是姑姑们来我家拜端午，还是我随母亲去外婆家拜端午，这一天都是很开心的，还会吃到平时难以吃到的好菜、好食物。

儿时的老家，因为拜端午需要买新鲜的土猪肉，于是在端午节前夕，村子里就有乡亲们杀猪卖。这家人清晨四五点就起床烧水，天一亮请来的屠夫就开始杀猪。听到杀猪的叫声，乡亲们就会踏着晨露赶到杀猪卖的这户人家里，你买一块肉，我买一个猪蹄，他买一块猪肝……那种喜悦、那种快乐，溢满了整个山村，欢快的场景让我至今记忆犹新……

又到一年粽子飘香时，街头巷尾又有了端午的节日气息。这也让我不由得想起了雪峰山下、善溪江边，那有着"双端午"的大山里的故乡，想起儿时的岁月，想起了大山里的人和事，想起那一个个关于端午节的故事……

（原载2021年第12期《南方》杂志，入选学习强国平台）

快递里的年味

收到母亲从老家给我寄来的快递，我拆开一看，里面是父母特意给我做的腊肉、腊鸡、腊鸭等过年的物品。前段时间，我打电话给老家的父母，说我今年不回家过年，没想到这个电话让父母如此重视，特意给我寄来老家过年的特产。看到这快递里散发出浓浓年味的家乡特产，我的眼睛湿润了，脑海里浮现出一个个过年的故事，记起了时光的味道。

记忆中儿时的我们最开心的莫过于期盼过年。儿时的老家，乡亲们并不富裕，但过年还是可以吃到平时很难一起上桌的鸡鸭鱼肉，也能穿上新衣服……每年进入腊月，孩提时的我们就数着日子盼过年，巴不得时间过得快点、再快点。

儿时老家过年是很热闹的，年味很浓。买年货、磨豆腐、打糍粑、炖鸡宰鹅、贴春联……男女老少齐上阵，屋里屋外到处充满浓浓的年味。吃年夜饭时，全家老小围坐一起，说着过去一年的工作、生活，相互祝福，展望新年，其乐融融。从大年初一开始，家家户户就开始拜年，走亲访友，到处洋溢着过年的喜气，这种年味和气氛会一直延续到元宵节后才渐渐散去。

关于过年，有一件事让我记忆特别深刻。那是我参加工作后的第一年回家过年。回家之前，父亲打电话给我，要我带些糖果之类的礼物回去。回到家，父亲把我带回去的糖果分成一袋一袋。我问父亲为什么要把糖果分袋，父亲说："你读书时，乡亲们没少帮你，如今你参加工作了，要记得去感谢他们，要懂得感恩。"第二天吃完早饭，父亲就带着我去邻居家，一家一家地拜访，一家一家地感恩。

受父亲影响，后来我每次回老家，都要给邻居们捎点东西，去邻居家坐坐，而邻居们也都要请我一起吃饭。每次回城，邻居们都会给我捎上家里的土特产，为我送行。我车子的后备厢都装得满满的：精心晒好的薯干、新鲜的蔬菜、蒸好的米粉肉、宰好的土鸡、刚挖回来的笋子……大包小包。上车后，父母和乡亲们会再三叮嘱我车要开慢点，注意安全，有时间多回来，然后一堆人目送着我的车开走。这种热情的场景，每次都让我泪流满面。

今年我不回去过年，前几天特意去了一趟超市，给父母和老家的乡亲们买了精心挑选的广东过年的特产，分成一份一份，用袋子装好，再用快递寄回老家，要让父母和乡亲们感受到我寄给他们的祝福和广东的年味。

  人留在当地过年,心意却可以通过快递传至远方。我把寄快递的事在电话里告诉父母,父亲听到我给他们寄了广东过年的特产,一个劲地说不要,说现在家里什么都有,什么都不缺,要我懂得节约。但听到我说给乡亲们也寄了年货,要他代我分送给乡亲们,并代我送上祝福时,父亲爽快地答应了,并激动地说:"我就知道我儿子懂事,没有忘根,懂得感恩。"

  过年是一种风俗,更是一份牵挂、一种祝福、一种对美好未来的憧憬。不管我们在哪里过年,那些关于过年的美好记忆一定都会珍藏在我们的心底。今年过年不回家,但我可以通过快递邮寄去牵挂和祝福。这种快递里的年味,一定会让我时常咀嚼、回味。

  (原载2021年2月5日《湖南日报》,被《山西商报》《鄂尔多斯晚报》《劳动者报》《河南经济报》《内蒙古晨报》等转载)

父亲的老玉烟斗

父亲有一把宝贝烟斗。这是外公送给他的结婚礼物,一把传了几代人的老玉烟斗。

记忆中,父亲清晨起床后,第一件事就是拿张小板凳,走到我家门前的那棵老梨树下,坐在那儿用他的宝贝烟斗抽一会儿烟,然后去地里干活或去大山里放他的老黄牛……

父亲抽烟,抽得很厉害,不但早上起床抽,就是上床睡觉前,也要抽一会儿,有时甚至半夜醒来,也会披着衣半躺着,点上烟,抽一会儿,再睡。

父亲的老玉烟斗和他的烟袋是随身带着的。去地里干活,去那条长长的窄窄的沿河小街赶集,或去走亲戚,他都会带着。

这个习惯，他保持了几十年。

记得那是一个夏日的中午，他从大山里干活回来，回到家想抽一口烟，结果烟袋不知在哪里丢了，没了烟袋的父亲坐立不安。那时，正是吃中午饭的时候，父亲顾不上吃饭就返回山里去找烟袋。他饿着肚子在大山里来来回回找，找了差不多一个下午，终于在一棵大梓树底下找到他的烟袋。找到烟袋的父亲高兴得不得了，也忘了还没吃中饭，就立即从烟袋掏出烟，放进烟斗，点燃，猛抽起来。

因为抽烟，父亲的牙齿和夹烟的手指，都被熏黄了。

大山深处的老家，村子的男人大多抽烟。小时候，在地里干活回来的男人们常常会聚在我家门前的那棵老梨树下抽烟。有用烟斗的，也有用纸卷着抽的……

从烟袋里抓出一小撮烟丝，塞进烟锅，把烟点燃。那时，村里人是不用打火机的，点火器是火镰加打火石，当然也有用火柴的。用打火石的，会用火镰侧面使劲擦打火石，用擦出的火星把烟点燃；用火柴的，会打开火柴盒，抽出一根，往边上擦，扑哧一声燃出火花，然后把烟点燃。

当然，也有烟叶抽完了或忘带点火器具的，这时边上的人就会慷慨"救援"。

烟点燃后，乡亲们就开始吧嗒吧嗒地抽起来，一边抽，一边聊家常、说八卦……

在村子里，谁要是有一把好烟斗，那是会让人羡慕的。父亲的这把老玉烟斗自然也让村里人很羡慕。吸过父亲烟斗的乡亲们都说，同样的烟叶，在父亲的烟斗里，吸出来的味道就是不一样。

村子里很多人想拿自家的宝贝来换父亲的老玉烟斗，也有出高价来买的，但都没有打动父亲。父亲像对待家珍似的珍爱着他的老玉烟斗。他常说："我这把老玉烟斗是传了几代人的，就是拿个金元宝来，我也不会换。"

父亲抽着烟，操心着他永远操心不完的事。他要操心我们兄妹的学业，要操心地里的农活，还要操心我们家的生计……

那是一个让我特别难忘的下午，为了给我们兄妹筹学费，父亲在犹豫了很久之后，很不舍地把他的宝贝烟斗给卖了。

父亲卖烟斗的那天我很伤感，一个人偷偷地躲进屋后的山里，默默地坐在一棵老松树下，泪珠不断地往下掉，在心里暗暗对自己说，将来一定要把父亲的老玉烟斗赎回来。

参加工作后，几经周折，我终于在一户人家那里找到了这把几易主人的老玉烟斗，当我向买主说明情况后，买主被我感动了。在父亲生日的时候，我把赎回的这把老玉烟斗作为礼物送给了父亲。看到曾经的烟斗再次回到自己手中，父亲激动得泪流满面。

前年，年过古稀的父亲在地里干活时，不小心受了伤，住了一次医院。这也是父亲有生以来第一次住院，平时，他连去乡卫生院看病都很少。负责给父亲治疗的医生看了父亲的胸透图后，对父亲说："烟不能再抽了，再抽的话，恐怕身体难以康复。"在医生的建议下，父亲竟然把抽了几十年的烟给戒了。

尽管父亲现在不抽烟了,但那把被他视为家珍的老玉烟斗却一直宝贝似的放在他的床头,有时家里来了客人,父亲还会拿出来给他们看一看,也常会讲讲这把烟斗的故事。

(原载2020年7月28日《羊城晚报》)

为家乡写诗

我曾为家乡梅兰村写过一首小诗——《梅兰,我的家乡》,老友看后为其谱了曲,后来竟在村子里传唱起来。

有人说,怀着乡愁去寻觅家园,我写这首诗大抵也是如此。诗里"我常常想起我的家乡梅兰,那里有我童年美好的记忆……那里的一山一水、一草一木,常常在我的梦里回放",这是在外工作生活的游子对养育过自己的土地一种深深的眷念、一种浓浓的乡愁。

美不美,故乡水;亲不亲,故乡人。故乡在每个人的心里,都是魂牵梦绕的地方。唐代大诗人王维就有诗句:"君自故乡来,应知故乡事。来日绮窗前,寒梅著花未?"我还曾读过一首七绝:"客舍并州已十霜,归心日夜忆咸阳。无端更渡桑干水,却望并州是故乡。"这些都是故乡情结。却望并州是故乡,却望他乡思故乡,实际上是对家乡更深更浓的思念。

不管在梦里还是在现实生活中,我始终割舍不下在家乡生活的那段难忘的时光,那里的每条河、每座山、驼背的大爷、穿裤衩的小伙伴,以及在山上吃草的老黄牛、家中的小花猫……那种烙在心灵深处的"DNA",一辈子附在身上。

生活在繁华的大都市,当我穿行在城市的高楼大厦间,我常会想起老家油亮得能闻出桐油淡香的木板屋;在外旅游时,看到美丽的山水风景,我也会不由自主地想起家乡的山羊览胜、塘鱼石、红岩山、七星伴月等山水风光;在外点餐时,朋友递来点菜单,我嘴里说着随便随便,但心里老想着家乡的梅兰豆腐、山羊腊肉……

几天前,一位老乡从老家去深圳出差,出发前去看望我父母。父母听到他要去深圳,赶紧问他要不要经过广州,听到他说要经过,知道我很喜欢吃家乡的土特产,于是父母就托他给我带来老家的梅兰豆腐、山羊腊肉、长滩小河鱼、向阳坪土鸡,还带来一瓶自家酿的三江米酒。

老乡从家乡来,我得让他感受一下羊城的饮食文化,感受一下我生活的这座繁华的现代化大都市的城市韵味。老乡来广州的那天,我没有在家里招待他,而是在家附近找一个大众化的酒楼,找了个靠街的位置坐下,点几碟精美的小菜点心,双皮奶、姜撞奶、凤爪、榴莲酥、虾饺、蒸排骨、肠粉……欣赏着这城市,看着车来人往,一边吃着,一边聊了起来,我们聊了很多人,聊了很多事，忆起在老家生活的那段难忘而有趣的童年时光。

我们聊起儿时一起去梓树坡、塘鱼石、梨园坨，爬到树上掏鸟窝、捉蝉，在山里采野果、挖野菜、摘各种好看的野花，聊起去清澈得能看见江底沙石的善溪江里游泳、捞鱼、钓虾、抓螃蟹，也聊起儿时老鹰捉小鸡的游戏，聊起一起唱过的童谣《月光光、凯光光》《唐僧取经咚阿个咚》……聊起我为家乡写诗的事情，老乡说我写的这首诗在村子里传唱开了，说村子里一位80多岁的老奶奶，常在家里哼这首诗，在城里工作的女儿回来看她，老奶奶还唱给女儿听。

与老乡的聊天，也让我想起在万米高空与一位华侨的谈话。他居住在华人较多的意大利普拉托。他说，走在普拉托的街头，随处可见中餐厅，在来来往往的行人中也常能碰到华人，如若不是两旁欧式建筑衬托着，仿佛置身于国内。他说他来到普拉托已经30多年了，潜意识里也已把那里当成了自己的第二故乡，但在内心深处始终认为那里不是他真正的家，他说他的根在中国，他退休后一定要回到家乡，回到生他养他的故土……

自上大学开始，我就离开了大山深处的老家，在不同的城市学习、工作、生活。但不管在哪个城市，特别是夜深人静时，浓浓的乡愁就会一股股地涌上心头，让我常常想起大山里的家乡，想起邻里乡亲在村头巷尾、桥上井边、田塍篱角的欢歌笑语；想起大山里的泉水长流不尽，滋润四季花果一派生机；想起牧童吹奏的田园之歌，穿越田野山冈，穿越天际……

（原载2021年5月26日《中国教师报》）

善溪江的水

初夏的一个清晨,我又一次回到魂牵梦萦的故乡。

这是我无论走到哪里也忘不了的地方。

故乡因为资江的一条小支流善溪江而得名。这个名字到底存在了多长时间,县志上或许有记载,或许没有,因为它太小,在世人眼里也微不足道,至于名字的来源,我不清楚,村里的老人也说不太清楚。

这里有山羊览胜、红岩山、塘鱼石等景观,有三江米酒、梅兰豆腐等美食,野菜也很多,春暖花开的时候,田野里到处生长着野菜,还有各种好看的野花,红的、黄的、紫的、蓝的,一朵朵,一簇簇,在善溪江的两岸绽放。

喝善溪江水的山里人,善良、淳朴、

勤劳、坚强，也很豪爽、很好客。体现在餐饮文化上，就是大多农家都蒸米酒，有酒缸，在餐桌上很少见到碟子，全是大碗、大钵，来这里的外地人也可随意在农家吃上饭。

凡去过我故乡的人，那里的景观、美食，那里的风土人情都会给其留下深刻的印象。

离开家乡久了，就愈来愈思念也愈来愈爱着这块生我养我的土地。那里的每一座山、每一条河，还有那别人听不太懂，自己却感到无比亲切的乡音，都会浮现在脑海。

我们家的大门朝东，不远处有一条小河。这条从金凤乡流来的善溪江每天哗哗地快乐地哼着歌向南流去。

这条山里的故乡河是我童年快乐的源泉，留给了我许多美好的记忆。

善溪江的水有一种特别与人亲近的感觉，水不深，最深处也就三四米。那清澈、柔和的河水泛起花纹般的微波，一群群小鱼儿在可以看见江底沙石的流水中快活地穿梭。

两岸的翠竹、绿树，倒映在水中，随着微风和涟漪的荡漾，仿佛天真无邪的孩童在欢笑。

记忆中，在河边有一条小街。

这条街虽细瘦，但附近三县的乡亲们都来赶集，或买日常用品，也有来买一两斤仍带着温度的新鲜土猪肉改善一下生活的，也有借赶集来会老友的，当然也有来相亲的……

童年时的小街很是热闹的。

小时候，这条山中的故乡河是我们的乐园。

特别是夏天，我和小伙伴们带上玻璃瓶，拿上小簸箕，在河边挖沟引水，翻遍鹅卵石捉鱼虾、抓螃蟹。一群群皮肤晒得黝黑的小男孩在河里游泳，一会儿仰游，一会儿蛙泳，一会儿又钻入水底，也有的在浅水里练狗爬，还有的站在河岸的岩石上学跳水……激起的水花伴随着阵阵欢笑声、吵闹声构成一幅美丽绝伦的山水画。

两岸的树林、竹林里，鸟儿和知了在尽情欢唱。

在水中玩耍够了的孩子们，爬上岸来不及穿上自己的裤头，光着身子在树林里、竹林里你追我赶，或是躺在草地上打滚，或是爬到树上抓蝉、掏鸟窝……

山里的孩子胆大，还敢抓蛇，要不是山高林密，蛇还真的会被他们赶得没地方跑。

孩子们尽情地疯耍，早已忘了还有放牛、砍柴、割猪草的任务。在太阳快下山的时候，突然想起还有任务在身，赶紧穿好裤衩，待在地里干活的大人还没有回家之时去完成交代的任务，实在完不成任务的孩子就硬着头皮回家接受父母的责备……

太阳每天都是新的，山中的故乡河每天也都是新的。

岁月悠悠的脚步声从古老响到现在。这条山中的故乡河日夜不停地流向资江，再经长江奔向大海，无时无刻不在变化中。

记得以前小河上是木板桥，如今已是钢筋水泥桥了；以前印满牛蹄印的泥巴路，如今已是宽敞的硬化公路了；河两岸一排排新修的楼房，门前还停放着小轿车，屋里不时飞出欢声笑语……

老乡们告诉我，国家实施"精准扶贫""乡村振兴战略"以来，这里的变化真是日新月异，党的好政策给故乡带来了富裕、文明、欢乐、和谐和美丽。

我在想我那世世代代面朝黄土背朝天的乡亲们，能过上今天这样美好幸福的生活，不知期盼了多少年。

山得水而活，水得山而媚。

有朋友因是第一次来，看到清澈见底的江水，看到浅滩上水花的飞溅，看到两岸原生态的青山翠竹，听到欢快的鸟叫蛙鸣，忍不住拿起手机不停地拍照，频频地说道："太美了，太美了……"

因有新朋友来，儿时的伙伴善君就邀请我们坐竹筏游江。

我们来到河边，坐上竹筏。看到我们坐稳后，他拿起长竿往岸上一点，竹筏徐徐驶进江心。

清澈的流水就在眼前，朋友忍不住掬水在手，喝上一口。我们脱掉鞋子，用脚随意拍打着流水，让江水尽情地亲吻脚丫，享受那份独有的惬意和清凉。

竹筏顺江漂流而下，一边是郁郁葱葱的树林，一边是翠绿的竹林，还有那远处绿色的田野、小桥流水和炊烟袅袅的村落，在浮云彩霓中时隐时现，亦真亦幻。

善君将竹筏子缓缓地撑着，两岸的景物从身边慢慢地走过，我们仿佛漂游在一幅长长的水墨画卷里，处处充满诗情画意。坐在竹筏上漂流，我真正感受到了"筏在江心走，人在画中游"的意蕴。

故园情是人的一种特性。故乡的这一切对别人来说，或者很普通，对我来说却不一样，因为那是我实实在在的故乡，这也许就是一种乡愁。

乡愁是故乡的一条河。善溪江，山中的故乡河。我是喝您的水长大的，无论我走到哪里，滋养我成长的故乡河是我心中永远的牵挂。

我更相信，新时代的故乡河，一定会越来越美丽，一定会放出更加晶莹的光辉。

（原载2019年第12期《广州文艺》，被《小品文选刊》等转载）

凤凰最美在清晨

很多人去湘西、去凤凰，是因为沈从文。也有人说，去凤凰就是想去看看，能写出《边城》的沈老先生的家乡究竟是什么样子，是什么样的灵山秀水赋予了先生如此笔力，写出如此举世闻名的美文？

我的老家在湖南怀化，从地缘上来说，与凤凰同属于大湘西。因为从小生活在湘西，也因为爱好文学的缘故，上中学时，我就开始读沈老先生的作品，比如《边城》《凤凰》《沅陵的人》《辰溪的煤》《老伴》等，上大学后，我又把沈老先生的作品找来反复地读。他的著作我不敢说全部理解，但每次读我都是用心去感悟老先生笔下的湘西。

老先生在他的文学作品里以湘西美丽

的山水为背景，以湘西淳朴善良的乡亲为素材，以他那灵动而极富才情的笔触，把湘西特有的风土民情勾画得逼真传神，将他魂牵梦绕的故土描绘得如诗如画，让人回味无穷。沈老先生是我最喜爱的作家之一，我对他怀有崇高的敬意。我也试着学他用笔来描写湘西的风土人情，抒写湘西这块热土上的真善美。

有人说沈从文是湘西的一个符号，凤凰是湘西最美的精灵。说凤凰养育了沈从文，凤凰又因沈从文的作品而名扬天下。这座有山、有水、有吊脚楼和充满着神奇的边陲古城，沈老先生用笔下一个又一个神秘明丽而又动魄揪心的传奇故事，将这座静默深沉的小城推向了世界。曾有一位外国作家称赞凤凰古镇为"中国最美丽的小城之一"。

我去过凤凰多次，每次去我都用心感受凤凰之美、湘西之美。经常去凤凰，但我印象最深的还是那年清晨到凤凰。那次去湘西开会，我坐了一夜的火车，第二天清晨才到凤凰。在晨曦中我真正感受到了凤凰的清晨之美。清晨的凤凰从沱江中苏醒，睡眼惺忪的小伙在沱江中的渔船上，唱着多情的山歌，打破了天蒙蒙亮的那种江面上特有的宁静，三五成群提着衣盆来河边的女人向着船上的小伙对唱着情歌，富有节奏感的捶衣声和着一阵阵悦耳的歌声笑声，惊醒了睡梦中的凤凰古城。店铺茶庄开门了，风雨虹桥上小贩的叫卖声传来了，早起的老人在晨雾中慢走，牙牙学语的学童忙着匆匆赶往学校……清晨的凤凰处处是美丽绝伦的水墨画。清晨的凤凰使我想起了沈老先生曾在他的文章中的一段描述："一切光景静美而略带忧郁，随意割切一段勾勒纸上，就可成一绝好宋人画本。满眼是诗,一种纯粹的诗……一个人若沉得住气,在这种情境里,会觉得自己即或不能将全人格融化,至少乐于暂时忘了一切浮世的萦扰。"清晨的凤凰之美,不是江南小镇的那种柔美,更不是北方集镇的那种粗犷之美,她是一位羞涩的美少女,含蓄而又多情。那年的那个清晨,我真切感受到了老先生笔下的湘西独特之美,真正感受到了清晨的凤凰那无与伦比之美。

如果有人问我,你最喜欢什么时候的凤凰,我会毫不犹豫地说,我最喜欢清晨的凤凰,因为凤凰最美在清晨。

(原载2020年10月26日《青岛财经日报》)

想起草药

上个月，打电话回乡下老家，父亲说脚有点疼，我赶紧跟他说要去医院看看，父亲却说不碍事，说要母亲去山上扯些草药搭下就好。我还担心地问要不还是来城里治疗一下。没想到前几天我打电话回去，父亲说脚不疼了，已经好了。

挂掉电话，静坐在书桌前，我不由得想起了故乡，想起了故乡的草药。

我的故乡在一座大山的深处，因资江的一条小支流山羊溪而得名。我的家在村子里东头一个叫向阳坪的小院里。院子周围都是碧绿的山、高高低低的山、远远近近的山。小院门前的小草，铺成绿色的大地毯延伸向远方，清澈得能照出影子的溪水哼着歌从村子里流过，天上漫游的薄云从这峰飞过那峰，林中鸟声成韵，蝴蝶在空中翩翩起舞……

大山里有很多好吃的野果，有很多好看的野花，也生长着很多可入药的野草、野菜。比如金银花、鱼腥草、三七、茯苓、马玲花、车前草、夏枯草、蒲公英……

小时候，村里人有点小病小痛的，常会去山里挖点草药来治疗。我们兄妹如有感冒不适，或在山上砍柴、放牛、割猪草摔伤了割伤了，母亲都会上山去采挖一些草药回来捣碎后给我们搭上，或用慢火熬成药后让我们服下，常常是没过多久就好了。

在村子里，常有乡亲碰上一些小伤小病，会来找母亲帮忙弄些草药。这时母亲也总是很乐意帮助他们，也从来不收费。我曾问过母亲这些草药知识是从哪里学来的，她说是外公家祖传下来的。

小时候，我常跟母亲上山去采挖草药，也学到了很多草药的知识，学会了辨别各种不同的草药。那时母亲也会给我们讲述一个个关于草药的离奇感人的民间传说故事，它们为我的童年增添了很多乐趣，比如关于"三七""夏枯草"等的传说，成为我儿时一段美好而又难忘的记忆。

草药一直很受文人墨客的青睐，早在《诗经》的《谷风》中，就记载了4种中草药；唐代大诗人杜甫写过40多首关于中草药的诗，在《秦州杂诗二十首》中，"采药吾将老，儿童未遣闻""晒药能无妇，应门幸有儿"描写了诗人不仅自己采挖草药，还发动家里人采集加工草药；南宋大诗人陆游不仅上山采过药种过药，还开过药店，给人看过病，还是土郎中，留下了"云开太华插遥空，我是山中采药翁"的诗篇佳句；豪放派词人辛弃疾更是在《满庭芳·静夜思》中写了柏叶、桂枝、半夏、薄荷、苦参、当归、菊花等20多味中草药；《三国演义》《红楼梦》等文学名著也有很多关于草药的描述，《草木传》更是一部兼具趣味性、通俗性、科学性的著作，通过道白、说唱等形式介绍的中草药有数百种之多。

故乡的草药有不少是苦味的，但也有不少成为孩子们童年时的美味。比如大山中漫山遍野的金樱子，常被乡亲们用来泡酒，据说有补脾健胃、补益肝肾的功效，还能止咳平喘。但儿时的我们更喜欢把新鲜的金樱子摘下来放在地上，用鞋子搓去刺，剥开去籽后洗干净，再放在嘴里嚼，那种酸酸甜甜的味道现在还让我回味。还有可以治疗出鼻血、咳嗽、气喘等病症的茅草根，我常与小伙伴们结伴去山上挖出它们，在水井旁或小溪边洗干净后，放进嘴里咂巴咂巴起来，甜甜的汁液流进嘴里，满口香甜。还有一种鱼腥草，具有清热、祛暑、解毒之效，叶子和根茎都可食用，小时候我们常常把新鲜的鱼腥草洗净后炒着做菜吃，但我更喜欢的是用鱼腥草煮饭吃，那种特别的味道现在想起来还让我心醉。

儿时的山里人大多都比较贫穷，为了增加经济收入，乡亲们常常上山采挖草药，待到赶集时拿到街上去卖，换钱添补家用。在节假日特别是寒暑假，我也常和小伙伴们扛上锄头，背着小背篓，上山去采挖草药。有时为了多采挖些草药，还会把中饭也带到山上去吃。这时的大山里充满了孩子们采挖草药时的欢快笑声，空气中弥漫着浓浓的草药味。采挖回的草药洗净晾干后，在赶集的日子里，我们也会和大人一样拿着它们到街上去卖了换钱，虽然收获不多，但因为是自己的劳动所获，大家可以高兴地拿去买那些自己喜欢的连环画、书籍、钢笔，或是想了很久但一直没钱买的小零食，大人们此时也就默许了。

  有位作家说，因为故乡有所恋，而所恋又只在故乡有，便萦着系着，不能离舍了。我在城里生活已经很多年了，但离开愈久愈思故乡，打电话给父亲提到了草药，被草药所牵，便情不自禁地想起故乡，在故乡生活时温馨的感觉从岁月的尘埃中涌上了心头。也许这就是远离家乡的游子那浓浓的乡愁。

  （原载2021年1月5日《南方日报》）

自知之明

也许我们曾遇到过这样的人，他待人热情，为人友善，但所到之处夸夸其谈，指指点点，好为人师，自以为煞费苦心，在帮助别人、指导别人，却不知他的所作所为，别人其实并不喜欢，甚至是讨厌至极。

我曾有位朋友就是这样的人。邻居家正在装修，朋友就跑到邻居家，对邻居家的装修风格一番评价，指责这，指责那。开始几次，邻居认为朋友也是出于好心，更怕影响邻里之间的关系，于是对朋友的指责也就忍了，但看到他老是指指点点，并没有停的意思，有一次邻居实在是忍无可忍，就直接怼了回去："你要弄清楚，这是在我家，是我在装修自己房子，不是你家装修，麻烦你不要指指点点，我没空和你说话，也不想听你说话，麻烦你回自己家里去。"邻居的话令朋友很吃惊，他自以为是出于好心，是在帮助邻居，没想到竟让邻居如此不高兴，自己是如此不受欢迎。

在生活中，也许我们还遇到过这样的情况，朋友相邀餐聚，有人只是作陪，但摆不正位置，不明白自己的角色，在餐桌上滔滔不绝，口若悬河，喧宾夺主，出尽风头，让主角变成陪衬，弄得场面十分尴尬，让人极其讨厌。而他自己却不知，还美其名曰调节气氛，让人下次再也不敢邀请他。

知人者智，自知者明，人苦不自知。自知不仅是生活智慧，也是生活态度。有句俗语说，人贵有自知之明。古希腊特菲尔神庙的碑铭上有句箴言是"认识你自己"。我在想，朋友之所以一片好心却让人十分讨厌，就是不懂得自知。那么怎样才能做到自知？我认为首先要懂得说话做事前，在心里问问自己："我是谁，我在哪，我要干什么？"就如那位朋友，如果能在说话做事前，先在心里问问自己，或许他也就不会对邻居家的装修风格三番五次地指责，也就不会惹得邻居不高兴，让自己不受欢迎了。

人与人之间有差距，当然原因是多方面的，但其中一个重要的原因就是是否有自知之明。自知是精神境界，也是成长进步的精神力量。一个懂得自知的人，一个能够经常在心里问自己"我是谁，我在哪，我要干什么？"的人，自然也就会明白，自己有什么长处、有什么短板，哪些是需要继续发扬的、哪些是亟须改进的。同理，在说话做事时，也就会明白什么话可说、什么事可做，该怎么说怎么做，也就不会苦不自知，自以为一片苦心，到头来却费力不讨好，不但没收到预想的效果，而且还让人不喜欢，甚至厌恶至极了。

（原载2021年6月18日《今晚报》）

漂溪界的记忆

漂溪界是我外公家。

我在那里生活的时间不长,只有短短两个月。而那段时光正是草长莺飞、旭日暖阳的时节,记忆中的漂溪界很美。

外公家的小木屋坐落在碧绿的林海里,大山里方圆几公里只有外公家这栋小木屋。

小木屋的门前有一条通向远方的小路,两边长满了青草,开满了星星点点野花。记得那个时候,我常搬出一把小板凳坐在门前,小路上淡淡的野花香,像家乡的三江米酒一样令人陶醉。

我更记得雨过天晴,阳光高照下的蓝天白云。漂溪界仿佛是一个天然的大花园,放眼望去,梨花、桃花、李花、杜鹃花、油菜花、萝卜花、蚕豆花……还有很多叫不出名字的野花，红的、黄的、蓝的、紫的、白的，娇艳欲滴，竞相绽放，点缀在青山绿海之中，漫山遍野都成了芬芳的世界。

春天的漂溪界有很多野菜，比如荠菜、野芹菜、蘑菇、春笋、百鸟不落、蕨、野葱……这些野菜味道鲜美，让我至今都能感觉那就是春天的味道。吃野菜，就是把"春天"吃进了嘴里。

而让我特别难忘的野菜，是香椿。

外公家的屋后有一棵用双手才能合抱过来的、高大的香椿树。香椿树长寿，庄子有云："古有大椿者，以八千岁为春，以八千岁为秋。"关于这棵香椿树的年纪，外公说，或许有200多年的树龄了吧，因为在他小时候，这棵香椿树就很高很大了。

俗话说："家有香椿树，春天吃菜不用愁。"香椿，被称为树上蔬菜。据说，早在汉代，食用香椿就成为一种时尚。香椿不仅营养丰富，还兼具一定的食疗作用，对治疗外感风寒、风湿痹痛、痢疾等均有不错的效果。《食疗本草》里说："椿〈温〉，动风，熏十二经脉、五脏六腑。多食令人神不清，血气微……不可过量食之。"宋代苏颂的《图经本草》指明："椿木实而叶香，可口取。"《农政全书》道："其叶自发芽及嫩时，皆香甜，生熟盐腌皆可茹。"

记忆中，春天里的这棵香椿树，默默地抽发出一簇簇新鲜的香椿芽，它们傲然挺立在枝头，令人远远就能闻到那沁人心脾的清香。

记得那时，外婆把芽苞肥厚、鲜嫩茁壮的香椿洗干净，切得细细的，然后用她独特的方式给我们做香椿炒鸡蛋，其滋味鲜美，椿香浓郁，散发出醉人的芳香，吃后让人回味无穷，是我记忆中关于春天的佳肴。

我曾问外婆，是什么时候开始有了香椿炒鸡蛋这道菜，外婆也说不上来，说她小时候她的外婆和母亲就做这道菜，并把手艺传授给了她。

外婆的香椿炒鸡蛋如此美味，以致有一次，我坐在饭桌前不肯吃饭，说要吃这道菜。而年过六十的外公，竟然为了我爬到树上去摘香椿，但在下树时，外公不小心从树上掉了下来。

晚上，外婆给我做了香椿炒鸡蛋。吃饭时，我一边看着勾人胃口的香椿炒鸡蛋，一边望着摔伤了身子的外公，我不敢动筷子。

外公见我不敢吃，笑着问我："孩子，怎么不吃？这不是你喜欢吃的香椿炒鸡蛋吗？"

我怯怯地说："因为……我要吃香椿……害得您从树上掉下来……摔伤了身子。"

外公赶紧往我碗里夹香椿，然后摸了一下我的头，满脸笑容地说："傻孩子，外公身体好着呢，这点小伤算什么，赶紧吃，喜欢吃，外公还去给你摘。"

那晚，吃着外公从树上摘回的香椿，感觉特别香。

时间飞转，如白驹过隙，转眼间这件事已经过去30多年了，外公也去世20多年了，但那天的情景我还时常想起。

在漂溪界的日子里，我常常听外公讲故事。外公讲的大多是关于人生哲理、做人处事、反映人民群众智慧的民间故事，每次我都听得津津有味。我曾想,我母亲之所以经常以讲故事的方式来教育启发我们兄妹,或许就是受了外公的影响。受到外公和母亲的影响,我现在也常用讲故事来教育启发小朋友。将来我的小朋友会不会也以讲故事的方式来教育启发他们的小朋友呢?我想,一定也会的。

  我现在在繁华的都市里工作生活,很少回家,去漂溪界的次数就更少了。也许是思念的缘故,近来脑海里总浮现出许多关于漂溪界的记忆。这个我只生活了短短两个月的地方,一个名不见经传的地方,一个就是现在够精准、够详细的百度地图也见不到它踪影的地方,却给我留下许多美好的记忆。我想无论我在哪里工作生活,无论我有多久没有回到那里,漂溪界我都不会忘记,因为那里的人、那里的山、那里的水、那棵香椿树……已经深深地印在了我的心里。

  (原载2020年5月10日《南方日报》)

故乡的夏夜

又是一个夏夜,静坐在书桌前翻看日本平安时代女作家清少纳言的《枕草子》,读到"春天是破晓的时候最好,夏天是夜里最好,秋天是傍晚最好,冬天是早晨最好"时,优美的句子触动了我的思绪,让我不由想起儿时的故乡,想起故乡那让人难以忘怀的夏夜。

我的老家在资江支流——善溪江边一个叫向阳坪的小院里,这里山清水秀,民风淳朴,人们生活悠闲而清静,没有都市的繁华与喧闹,但也别有一番风情。

尤其是醉人的夏夜。月亮挂在树梢,月光像水一般从夜空泻下来,泻到屋顶,泻到田野,泻到大地,泻到门前的老梨树上,泻到大山里的松树、柏树、梓树、楠竹上，仿佛一切都浸在银白的月光中。亮晶晶的星星在天宇上闪烁着动人的光芒；萤火虫一闪一闪地眨着好奇的眼睛在夜幕中飞舞；蟋蟀、青蛙、知了像赶趟似的，在草丛中、稻田里、池塘边、树梢上欢唱，似乎在演奏一场早就排练好了的音乐会；稻花的清香随着微风一阵阵吹来，沁人心脾，让人心旷神怡，顿感"稻花香里说丰年，听取蛙声一片"的诗情画意。

在这样的夏夜，我家的晚饭就顺理成章地安排在了户外，大多是在门前的老梨树下。尽管粗茶淡饭，但全家老小围坐在一起吃饭的那种温馨、快乐，现在仍让我不时回味。

等到我们吃完晚饭，四邻八舍也都差不多忙完了，门前的老梨树还会迎接大家凑在一起聊天的"下半场"热闹。男人们一边抽着烟，一边侃大山；女人们一边聊八卦，一边借着月光忙手上的针线活。男人们侃得起劲时，女人们也会不时开几句玩笑，欢歌笑语此起彼伏。在大家的欢呼声中，吹笛子的乡亲会吹几曲家乡的小调《月光光》《十二月望郎》，有的则拉几曲《十送红军》《八月桂花香》《十五的月亮》，那动听的笛声、琴声，伴随着大山特有的清凉和惬意，如同注入身心的一股清风，醉了我们，也醉了乡村。

儿时的夏夜也是小孩子最开心的时候。那时的孩子，几乎是放养的，我经常与小伙伴们三五成群，在田野里疯玩，在村庄里捉迷藏，在草丛里、田埂上、池塘边捉萤火虫。至今，我仍然记忆犹新，与小伙伴把捉到的萤火虫装进透明的玻璃瓶里，小心翼翼地捧回家，躺在床上，看着床头瓶子里闪烁的点点星光，享受着甜蜜入梦的幸福感。往往第二天早上醒来时，脸上还洋溢着满足的微笑。

围坐在老梨树下，听大人们讲一代代流传下来的充满传奇色彩的民间故事、民间传说，也给我们的童年生活增添了许多乐趣。

有一个故事我现在还清晰地记得，说的是离我老家40多里地，后来官拜两江总督的陶澍。他年少时非常勤奋好学，10岁时，一榨油坊开张，老板来请陶澍的爷爷写对联，但爷爷不在，看到老板很失望，陶澍就替爷爷写了副对联："榨响如雷，惊动满天星斗；油光似鉴，照彻万里乾坤。"老板拿着对联回家，正好碰上陶澍爷爷访友归来，老板连忙拦住："陶老先生，您看这副对联做得如何？"陶澍的爷爷一看，连说："好对！好对！"老板说："这是您孙子写的！"爷爷一听，赶紧撕碎对联，并说："孙儿如此放肆，今后何成大器？"看到老板很吃惊，陶老先生说："我再另写一副送上。"不过，后来榨油坊贴出的对联仍是陶澍的那副，只是换了人写字而已。

大人们讲这些故事，就是想告诉我们，要努力学习，但也要懂得谦虚谨慎。这个故事，大人讲了很多遍，我们也听了很多遍，但每次听都很入迷，听得津津有味。直到他们疲乏要休息时，我们方肯罢休，才意犹未尽地散去。

如今，我生活在繁华的大都市，望着窗外闪烁的霓虹，望向天空若隐若现的星星，故乡夏夜美好的记忆又浮现在脑海，浓浓的乡愁又涌上心头。我在想，无论什么时候，在哪里生活，我都不会忘记大山里的故乡，不会忘记故乡的夏夜。

（原载2021年9月1日《中国环境报》）

在城里有块菜地

刚参加工作时在城里买不起房子，在市中心租房也觉得挺贵，于是就到城郊租了一个房子，离上班的地方是远了点，但空气新鲜，也比较清静。房子旁边有一块荒地，去我那里玩的朋友就说可以把它开垦出来种菜。

受朋友的启发，利用两个周末的时间终于把那块荒地开垦成了一块菜地，然后开始着手种菜。我出生在农村，上大学之前在家里帮父母干过农活，在家里种过菜，知道什么季节种什么菜，也知道怎样防虫害、打杈、压蔓，怎样有针对性地施肥。为了种好菜，我特意从老家湘西农村捎来菜种子，在菜地里种上了辣椒、茄子、豆角、苦瓜、丝瓜、南瓜、韭菜、菠菜、番茄等蔬菜，当然，我也会根据季节的变化不断变换菜的品种。

在开垦的荒地上种菜，完全是自己兴趣所致，完全是为了自给自足，但也是一项非常愉悦的事情。我喜欢读书、思考、写作，有时在屋里读书、思考、写作累了，想出去放松一下，呼吸一下新鲜空气，就会去菜地里看看，看着挂满枝头的辣椒、茄子、苦瓜、丝瓜……看着这些"小宝贝"，我顿感一种宁静之中的喜悦，一种说不出的悠闲感也会油然而生。有时心情不好的时候，菜园也成了我心情的调节器，当我看到菜地里这些可爱的小家伙，一股甜美的快乐感就会涌上心头，心情也随之变得好起来。有时候，我戴上特意从老家带来的农家斗笠，在菜地里捉虫、拔草、施肥……感觉自己就是一位经验丰富的老农。也时常想，我原本不就是一个农民吗？我家世代农民，祖上没出过秀才，更不用说举人、进士之类的大人物了，如果不上大学，不去读研究生，说不定我现在就在地里干活，说不定还就是一菜农？在繁华的都市里的这么一块小菜地，也成了我工作之余的牵挂。每天下班回来，我都要去菜地里看看有什么变化，然后浇水、拔草、捉虫、施肥……去外地出差，我也会挂念我的菜园，出差久了，还会打电话给邻居，请他们帮忙照顾一下菜园，给菜地浇浇水。

有了这么一块菜地，我基本上不再去菜市场买蔬菜了。我也常会到菜地里摘些菜，比如辣椒、茄子、苦瓜、丝瓜等，送一些给邻居和朋友、同事们享用。碰上周末或者节假日，我也会邀上三五个朋友来我家，让他们尝一尝我菜园的最新成果，也顺便带他们到我的菜地看看。不少朋友来到菜地之后，总会帮忙干干活，比如捉捉虫、拔拔草、浇浇水什么的。

劳动着永远是快乐的。后来我在城里买了房子，住进市中心，不能再拥有这样一块心爱的菜地了，但我时常想起那块菜地，想起在菜地里劳作的情景，想起在菜地里发生的那一个个让人难忘的故事，想起那段快乐的岁月。

（原载2019年6月12日《羊城晚报》，入选学习强国平台，被《文摘报》等转载）

他乡成故乡

来羊城工作后,由于工作忙,我有很多年没回邵阳了。记得去年暑假,一次偶然的机会我乘高铁路过邵阳。

高铁在邵阳站停靠时,手机铃响了,收到一条短信,我赶紧拿出手机,一看,短信的内容是:"热忱欢迎您来到美丽的古城——邵阳,祝您旅途愉快,一路平安!"看到这条短信,我心里咯噔一下,这座我生活工作了十多年的城市,我竟然成了客人,好客的城市热忱欢迎我来这里旅游。

坐在高铁上,透过玻璃窗望着这座城市熟悉的风景,听着月台上熟悉的乡音,看着提着行李匆匆赶来乘车的老乡,我的思绪立马穿越到了十年前,脑海里浮现出在这座城市生活工作的那段难忘的岁月。

邵阳古称宝庆，建城于春秋时代，是一座有着2500多年历史的古城，晚清最早提出"师夷长技以制夷"的思想家魏源、民国时期再造共和的名将蔡锷、人民音乐家贺绿汀等一批在中国历史上产生过重大影响的仁人志士在这里诞生。

如果不是十年前的那个决定，使我离开了这座古城来到美丽的羊城，我想我现在也许还在邵阳工作生活，在这座城市欣赏着双清秋月、六岭春色、龙桥铁犀、山寺晓钟、佘湖雪霁、神滩晚渡等美景；节假日也会在湘中图书城找个安静角落，静静地翻阅我喜爱的书，沉浸在书的世界；如果碰上周末，我也许会与朋友去吃那漂着一层红辣椒油，但很爽口的有着独特味道和浓郁乡情的邵阳菜……

尽管我已经离开这座湘西南城市很多年了，但不管是梦里还是现实生活中，始终有着那段割舍不下的在那里生活留下的印记，那种烙在心灵深处的DNA，它已成为我生命的一部分。

因为惦记，所以关注。调离那座城市来羊城工作后，我总会习惯性地打开那里的新闻网页看一看，看看那里的新闻，让那里的人和事再遥远也仿佛近在眼前。

在羊城有朋友相邀小聚，在餐桌上他们问我点什么菜时，我总会客气地答着"随便随便"，但脑子老开小差，想着邵阳的腊肉、猪血丸子、血浆鸭、卤菜，或是米粉也不错……记得第一次吃猪血丸子，由于猪血丸子的颜色不太好看，我起初不敢吃，但当地的朋友说很好吃，没想到的是我一吃就爱上了，以后每次聚餐我都抢着点猪血丸子。

在羊城随处可以听到粤语，每次听到粤语，我就会想起那座城市的方言。那里的方言不好懂也不好学，但我很喜欢。我也常会想起由方言而引发的那一个个有趣的故事，有许多故事仿佛就发生在昨天。诗人北岛说："祖国是一种乡音。"我常想，大千世界之所以美丽，乃因其包罗万象、异彩纷呈。倘若所有的城市都是千篇一律的，而没有了各自的乡音、历史、风情和韵致，那么，这个世界美在何处，美从何来？因此，不管普通话怎么普及，我想被我们各自所熟悉而亲切的各地乡音永远都不会消失。虽然离开了那座城市，那里的方言我也说得不流利，但现在我一听到那座城市的方言就觉得很亲切，就像欣赏一首美妙的音乐，浓浓的乡情溢于言表。

年深外境犹吾境，日久他乡即故乡。这也使我想起曾经读过的一本诗集，想起那首看过很多遍的七绝："客舍并州已十霜，归心日夜忆咸阳。无端更渡桑干水，却望并州是故乡。"诗的作者大多认为是唐代的贾岛，当然也有不同意见，《元和御览诗集》就认为此诗出于贞元间咸阳诗人刘皂之手。无论作者是谁，这首诗的大意是，诗人离开家乡后，客居并州已十年，回归的心日日夜夜在思念着故乡咸阳。当初为了博取功名，千里迢迢渡过桑干河，现在并州已经成了诗人的第二家乡。

怀恋乡土是人的一种情愫，是离别故土的人对家乡的一种永恒的情感维系，也是永远激励游子的一种精神力量，这种力量激励你懂得追求、懂得感恩、懂得奋斗、懂得向真向善向美。一抔故土万般情,一种乡俗千年意。故土难忘,乡情难舍,故乡难离,日久他乡成故乡,传达的更是对故乡绵长的思恋和拳拳爱心,把他乡当成故乡,实际上是对家乡更深的思念、更深的爱。

从上大学开始,我就离开了湘西老家,现已客居不同的城市二十余年。异乡日多,家乡日少。但无论我在哪里工作生活,我对家乡的那种深深的眷恋从未改变过,并日益加深,尤其是夜深人静时,那浓浓的乡愁会一股股涌上心头,千里之外的故乡,会乘风踏月来找我,亲近我,使我常常想起大山里的故乡,想起大山里的泉水长流不尽,滋润四季花果一派生机,想起牧童吹奏的田园之歌,穿越田野山冈,穿越天际,故乡的一山一水、一草一木,常常在我的梦里回放……

子夜,大地上万物都进入梦乡。我静坐在书桌前,默默地想,慢慢地写,田园牧歌、诗情画意般欣欣向荣的家乡又浮现在了我的脑海。待疫情彻底退去,旭日春阳暖的时候,我真想回到大山里的家乡,到处去走一走、看一看,仰望蓝天白云,坐听蛙声蝉鸣,静闻泥土芬芳,与亲朋好友们聊聊天、叙叙旧……

(原载2020年第06期《南方》杂志)

记忆中的村小

也许是我出生于农村的缘故,也许是我多年远离家乡的缘故,近来总是很想去看看家乡的那所山村小学。这次回乡过年之前,我就同在家乡工作的哥哥约定,一定要去看看母校,看看写满了我们儿时记忆的大山深处的村小学——木兰小学。这是一所名不见经传的小学,就是现在够精准、详细的百度地图,也见不到它的踪影。

我的老家位于一个幽静偏僻的多山地区,这里没有任何工业污染,保存着自然界最原始的青山绿水,还有那飘忽空中的清新的和风。我们村2020年之前叫木兰村,2020年与邻近的梅坪村合并,组成了梅兰村。之前,有很多人问过我:"你们村与花木兰有没有关系?"我每次回答说:

"有，因为名字相同。"家乡无乡邦文献可矜，也无名人可借重。写过《猛回头》《警世钟》的陈天华，大文学家成仿吾虽然出生在我们邻近的乡镇，不过他们家离我家还有30多里地，他们的光芒也照不到我们那里。从我记事起，村里最高学府就是这所小学，村里最大的知识分子就是这所村小里既是校长、教员，又是炊事员的唯一的教师。村里过去没出过秀才，更不用说举人、进士之类的大人物了。这所山村小学，有不少爷孙三代都在这里学习过，也许半年，也许一年，也许两三年，有的爷孙三代都是同一老师的学生。

也许是遥远的事物总能让人怀念的缘故，也许是那所山村小学给了我太多记忆的缘故，我不由自主地想起我在村小读书的岁月，想起村小的刘老师。重返母校，也许只不过是对某种空白的填补，只是去找寻当初的记忆。曾经熟悉的通往学校的乡间小路不见了，原来木结构的教室也已完全没了踪影，取而代之的是一栋小洋楼，唯独能找回的痕迹是我们当年栽种的那棵樟树，现在已经枝繁叶茂。学校放假了，没了学生，老师也回家过年去了。尽管只有几间教室，但校园干净、平坦，透着太阳的暖意和泥土的芳香。学校里很静，静得一丝足音或一声喘息都赫然膨胀了好多倍，偶尔几声鸟叫，让你真正体味什么叫"鸟鸣山更幽"。

我第一次去村小上学报名，是在村小上四年级的哥哥带着我以及比我大一个月的堂哥一起去的。老师安排我和堂哥坐在一起。因为是山里的孩子，没见过世面，又是班上年龄最小的，生怕丢东西，在学校里，我和堂哥整天都把书包背在身上，包括上厕所。记得小学一年级，整整一年，我们都这样整天把书包背在身上。现在想起来不可信，但那时确实是这样。记忆中的乡村，冬天特别冷，教室没有玻璃，也从不生火，坐在里面，如入冰窖，我们常常冻得手脚都生满冻疮，手握不了笔，脚走不了路。

当然趣事也很多。记得有一次语文考试，有一填空题："什么爱吃蚜虫？"语文课本里是七星瓢虫爱吃蚜虫。有一个叫章叶红的同学不会做，就问旁边的同学，旁边的同学就说写自己的名字，于是章叶红就真写了自己的名字。后来发试卷时，老师在班上笑着说："我们班上的章叶红同学爱吃蚜虫，谁家地里有蚜虫，就让他去吃。"同学们哈哈大笑。现在同学见面，还常常拿出来调侃章同学。还有一个关于字典的故事。我们邻近有两个县，一个新化、一个安化。记得第一次用《新华字典》的时候，有一同学没有《新华字典》，想借另一同学的用，就说："同学你先把《新华字典》借我用一下，明天我把我们家的《安华字典》给你用。"没想到那同学说："那你明天一定要记得把《安华字典》带来啊。"那时山里的孩子以为《新华字典》就是新化县的，既然新化县有，安化县也应有。结果第二天，那同学没能带来《安华字典》，借出《新华字典》的同学就去找老师要《安华字典》。还有同学被老师批评，说肚子里没点墨水，于是就拿着墨水瓶"咕咕咕"喝几口的……

记忆最深的当然还是刘老师。村里的人都很尊重刘老师，称他为先生。村里人碰上什么文字上的事，常去请教先生。先生实际上文化水平也不高,听说初中只读了一年。因为在学校代了几十年课,也没有其他老师来,才转为公办教师。我们三兄妹都是他的学生。先生也有很多有趣的故事。先生不会普通话,但教孩子要求用普通话,于是先生就努力学,在课堂上也学以致用,然而教我们时,还是常出笑话。有一次他教我们读"茄子",明明用拼音读是"qié zi",最后却读成了方言"qiá zi"。

山里人很穷,很多孩子都交不起学费,先生每年都要替学生垫学费。我父母是老实巴交的农民,长年累月靠力气在地里刨来刨去,到头来却刨不出几个钱。也许因为家里穷,我从小就很懂事,每天一放学回家就放牛、砍柴、割猪草。为了攒学费,我还常常利用节假日去山里挖药材、拾菌子,然后拿到街市上去卖。我读书也很刻苦,每学期总能拿回两张奖状,期中一张,期末一张。每次拿回奖状时,父母脸上总会写满喜悦,但每次开学又总是满脸愁云,为学费发愁。记得读小学四年级时,家里实在拿不出钱给我交学费,于是我就暂时辍学在家。这时又是先生来我家做家访,给我垫交了学费,让我重新走进校园。据村里人讲,每年先生都要垫上好几百元的学费,有的还了,有的至今未还。当先生带着我再次走进教室门口时,他拍着我的肩膀说:"不要担心学费,好好学习。"望着慈父般的先生,我的泪水不自觉地流了出来,却说不出话来,只是用力地点点头。转眼就小学毕业了,我以全乡第一的成绩考进乡中学。尽管那时我不在村小学习,已上乡中心小学了,但先生知道这事后,还是特意来到我家中,送给我一支钢笔作为奖励。那天,我含着泪花接受了先生奖给我的那支钢笔。后来，我上学、工作，辗转各地，并多次搬家，但先生奖给我的那支钢笔一直舍不得丢，至今仍珍藏在我的箱底。

先生退休后，去了儿子的工作地天津。我参加工作后，由于忙，除每年春节给先生寄去一张贺卡外，从来没有去天津拜访过先生，也很少给先生打电话。几年前，我打电话给先生的儿子，却得到了一个惊人的噩耗，先生已于年前作古了。先生儿子说先生生前经常讲起我和一些学生的名字。先生的儿子怕我们工作忙所以没有告诉我们。听到这个消息，我不禁泪流满面。

迈出村小的校门，在依依不舍中走出这所写满我记忆的山村小学。在回家的路上，哥说，刘老师退休后，因为没老师来，学校就由一名村干部和他的妻子轮流在这里做代课教师。因为去年村子合并了，并且学生也不多，那名村干部也通过考试去乡里工作了，今年开始学校就停办了。听到这话的那一刻，伤感陡然袭来，这所承载了我儿时记忆的山村小学，是如此让人留恋。

岁月如梭，不知不觉中，我离开大山中的这所村小学已经快30年了，我在世俗的淡泊中经历着人生的风雨冷暖、花开花落。许多的人和事都已远去，这所山村小学也即将在人们视野中消失，但我懵懂年少时沉淀在生命中的记忆，这所山村小学和老师、同学留给我的美好回忆令我难以忘怀，如流云般萦绕心头，将永远印烙在我的心坎上。

（原载2021年第5期《教师文学》）

乡愁是最诗意的风景

我的故乡善溪江,是一个充满诗意的地方。善溪江从两山之间流过,河水冲刷形成的河谷边上坐落着一个小村庄——梅兰村。我就出生在那里,直到上大学才离开。梅兰村是我的故乡,是个我无论走到哪里也忘不了的地方。这里不仅天蓝水秀,而且岩奇、村古、滩林美、美食多,每一个去梅兰村的人,都会真切感受到天然山水、田园风光、人文景观融于一体的美景。我曾写过一篇《梅兰豆腐》的小文,在一家知名媒体上刊发后,看过的朋友都嚷着要去我家乡吃梅兰豆腐。

村子里住着我那善良、淳朴、勤劳、坚强的乡亲,他们日出而作,日落而息。童年的记忆,自然最为深刻。童年的趣事很多，玩的花样也多，夏天我们去善溪江里捉鱼，爬到梓树坡的树上去抓蝉、掏鸟窝；秋天打着自己削的木陀螺，和小伙伴在稻草堆里捉迷藏，还会去大山深处摘野果；冬天踩高跷、堆雪人、玩花灯、舞狮舞龙，热热闹闹过年……记忆中春天是最有趣的。春暖花开的时候，田野里到处生长着野菜，香椿、竹笋、山芹、蕨菜、蘑菇……每当看到田野里成片的野菜时，我与小伙伴们就会高兴地蜂拥而上展开一场争夺战，一双双小手将野菜从松软的土地里连根拔起，心急火燎地放在篮子里后，又是一阵你追我赶、打闹嬉戏。小伙伴们就这样一边采野菜，一边享受着泥土的芳香、自然的清新。每次采野菜，看到野菜慢慢盛满篮子时，一种幸福的收获感就会油然而生，自己犹如一棵小草，和春天一起成长。

　　我在梅兰村生活20多年，那段岁月无处不充满了乡亲们的关爱和帮助，那段清贫岁月也让我明白生活的艰辛和不易。从小父母就教育我"滴水之恩当涌泉相报"的道理，我也是以感恩之心对待我的乡亲们。记得我参加工作第一年回家过年，回家之前，父亲打电话给我，要我带些糖果之类的礼物回去，当我带着糖果回到家后，父亲就分成一袋一袋的。我问父亲为什么要把糖果分袋？父亲说："你读书时，乡亲们没少帮你，如今你参加工作了，要记得去感谢他们，要懂得感恩。"第二天吃完早饭，父亲就带着我去了院子里的邻居家，一家一家地去拜访。在彭大伯家，父亲说："当年，你们要读书，彭大伯家竹山里的竹子让我们用来造纸，你要记住大伯的恩情。"在张大爷家，父亲说：

"你们读书时，大爷没少借钱给我们，这个恩情不能忘。"在王叔叔家，父亲说："你们要读书，家里农活忙不过来，王叔叔帮了不少忙，这恩情要记得。"……就这样，父亲带着我一家一家地走，一家一家地感恩。

受父亲影响，现在我每次回村子里，都要给邻居们捎点东西，去邻居家坐坐，也算是对给予我们帮助的人一点感恩。每次我回到村子里，邻居们也都要请我吃饭，每次从村里回城里，村子的邻居爷爷奶奶、伯伯叔叔婶婶们都会给我捎上家里的土特产来为我送行，每次都是一堆人目送着我的车开走。这种热情的场景，每次都让我泪流满面。

四阿婆是我们村子里年龄最大的长辈，已经90多岁了。去年春节回家，我带着礼物去给她拜年。四阿婆邀请我去她家吃饭，我怕添麻烦，便婉言拒绝了。后来，四阿婆打电话给我母亲，叫我返程时在她家门口停一下。我知道她想送点自家种的土货给我。我假装忘了，故意没有停车。哪知四阿婆安排她儿子抄近路赶上我，硬要将一块大腊肉送给我。正在为难之际，一位邻居说："这是四阿婆的一点心意，你就收下吧！"还有一位堂叔，参加过自卫反击战，身体不是特别好，小孩在南方一座城市打工，家中只剩下他一个人。在我离开时，他将自己积攒下来舍不得吃的几十个土鸡蛋，硬要塞给我。他自己都舍不得吃的鸡蛋，我怎么忍心带走？可是，这是他的一片心意，如果不带走，怕伤了他的心，又不能不带走。

小车后备厢中的土货中有几根带着泥土的冬笋，我觉得特别珍贵，那是我父亲挖回来的。父亲70岁了，去年在干农活中摔伤了腿，在床上躺了两个多月才康复。今年春节前夕，天寒地冻。他瞒住母亲，偷偷地扛着锄头，到很远的竹林里挖冬笋。听邻居说，为了这些竹笋，父亲顶风冒雪挖了3个多小时。他那双苍老的手，被一路的荆棘划伤，还留下了几道伤痕。听邻居说这些时，我的眼睛湿润了。善良淳朴的父母和乡亲们，总会在我返程之际，将我小车后备厢塞得满满的，连座位下也塞满了。

装上满满的一车乡愁，每次回家都是如此。记得去年春节后回城的那天，在车子走动的时候，我好几次回头，远远地看到父母和乡亲们站在那里，还没有回去。我心里在想，小车可以载走乡货，可是哪能载走这浓浓的乡愁呢？

都说回不去的故乡。对我来说，回到故乡的感情是不一样的，那是一种深深的眷念。但凡春节过年，我大多都会回老家去看看父母。每一次回去，也都会感觉到家乡的变化越来越大。去年过年回家，陪父母和乡亲们聊天，父亲说现在村里变化很大，乡亲们人手一部手机，一个家庭都有好几部手机；还说现在村里也有网线了，很多乡亲用上了Wi-Fi。母亲说现在村里大多数的乡亲家都有彩电、冰箱、洗衣机、打米机了，不少家庭还买了小车。邻居张大爷也兴奋地说，以前村子里高中生都没几个，现在大学生都很多了，有的还读硕士、博士了。回村里，我还发现一个喜人的变化：村里的生态更好了，不仅河水清澈得可以看见河底的沙石，可看见成群的鱼虾，就是多年未出现的野兔、野鸡、野山羊、野猪，现在在山里又出现了。我在想眼前这富庶景象和乡村的美丽风光,不知道我梅兰村的乡亲们盼望了多少年。

有人说,"故乡是梦""故乡是一种图腾""百年为客老,一念爱乡深"。我离开家乡已经快20年了,但每次回到故乡,我都会去小时候待过的地方、学习过的地方走一走,看一看,仰望蓝天白云,坐听蛙声蝉鸣,静闻泥土芬芳,与亲人朋友叙旧聊天……现在,我工作生活在繁华的大都市,无时不享受着大都市的繁荣与方便。但夜深人静的时候我常会想念我那田园牧歌、诗情画意般的家乡,想念我那善良、淳朴、勤奋、坚强的乡亲们。也许这就是浓浓的乡愁,是我最具诗意的风景,这种乡愁也一直激励我不断去努力、去追求。

(原载2019年第9、10期《南方》杂志,入选学习强国平台)

生活需要诗意

SHENG HUO
XU YAO SHI YI

到大山里野餐

几天前,一位朋友发来在草地上野餐的照片,看到他那快乐的情景,一种熟悉的感觉涌上心头,我不由自主地想起一个个关于野餐的故事,想起那快乐而难忘的时光。

记忆中大山里的老家,乡亲们是经常在大山里野餐的,当然,乡亲们的野餐,不像今天生活在大都市的人去大山里野餐,为了放松,为了休闲,为了亲近大自然、感受大自然……乡亲们是为了干活,为了不耽误时间。儿时大山里的野餐,虽然很简单,但给我留下许多美好的记忆。

儿时的老家,交通很不方便,没有通公路,俗有"看到屋,走得哭,隔山喊得应,走路要一天"之说,乡亲们在地里干活或上山割草、挖药材、摘野果,为了节省路上的时间,特别是农忙时节,常常是早上做好饭,带到山上,待到中午饭点,就地在大山里野餐。

记得每年春耕时,乡亲们要去大山里割最好的嫩草回来喂耕牛。碰上犁田的日子,父亲一早起来就会嘱咐母亲,要她去大山里割些嫩草回来奖赏耕牛,让它吃得饱饱的,第二天干起活来更有劲。节假日,我们兄妹也常跟母亲上山去割草,为了不耽误割草,我们常会把午饭带到山上来吃,带来的饭菜虽然很简朴,但那种愉悦欢快的吃饭场景至今仍清晰地浮现在眼前,仿佛就发生在昨天。

儿时大山里的野餐,让我记忆特别深刻的是乡亲们一起在离家较远的地里干活,大家一起把午饭带到地里,一起野餐的那快乐场景。

乡亲们干了一上午的活,待到中午时分,大家会陆陆续续,找一有树荫的草地坐下。头顶蓝天白云,闻着斜坡上五颜六色的野花伴着清风飘来的一阵阵芳香,看着蝴蝶在花丛中翩翩起舞,鸟儿像赶趟似的在枝头自由自在地飞来飞去,嬉闹欢唱,乡亲们各自打开自己早上从家里带来的饭菜,这里三个,那里两个,有的四五个,把大地当成餐桌,开始了野餐。

这时乡亲们也不知疲倦,有的忘情地说笑着,有的还哼着小调,也有的端着一个碗,到这里瞧瞧,到那里看看,看上自己喜欢吃的菜,还会从别人碗里夹点尝尝。

这时的乡亲们没有一个不是大方的,总是很客气地说:"多夹点！多夹点！"

夹菜的人笑着说："够了，够了！就是想尝尝你们家菜的口味，真的很好吃啊！"

第二天，那些被夸奖的乡亲，也许会多带点菜来，分给大家吃，大家开心，带菜的人似乎更开心。这场景也让我想起一句话：独乐乐，不如众乐乐。

儿时的我感觉乡亲们在大山里，在草地上，一起集体野餐那快乐的场景，似乎不是为了节省路上来回的时间，为了多干点活，而是一种难得享受，一种以大地为桌，把草地当坐垫的露天盛宴，此时、此情、此景，真可谓是一幅绝美的流动乡村水墨画，让人久久回味……

自古以来，文人墨客就关注野餐，也留下很多名篇佳作。早在《诗经》中就有记载。东晋大书法家王羲之在《兰亭集序》中有"流觞曲水"，描写的就是在野外沿溪水而坐，把盛了酒的酒杯放在水里漂流，停在谁面前，谁就饮酒的一种独特的野餐场景；唐代诗人王维也有描写野餐的诗句，"山中习静观朝槿，松下清斋折露葵"；宋代大诗人陆游亦有"野饭香炊玉，村醪滑泻油"的佳句；明代高濂在《遵生八笺》中还描写了专供野餐的用具提盒；到了清代，学者顾禄在《清嘉录》中曾多次写到野餐；到了近现代，带上食物去郊外野餐更是流行，鲁迅先生就有吃野火饭的描写。

关于野餐我又想起在呼伦湖边的一个故事。那是很多年前，很早就想去草原看一看的我去了呼伦湖。呼伦湖与贝尔湖被当地牧人称为"海一样的湖"，是中国第五大淡水湖，接纳着克鲁伦河从国外流淌来的水。在草原上看到这蔚蓝的湖水，一望无际，天水相连，阳光下阵阵波光，如明镜般熠熠发光，真是美丽极了。

因来时没做好功课，不知湖边没有吃饭的店家，我又是独自旅行，坐在湖边正为午餐发愁时，附近几个年轻人围坐在一起野餐。似乎是看出了我的尴尬，他们中的一个笑着很友好地对我说："朋友，有缘千里来相会，来到这美丽的大草原，在这美丽的湖边，要不要一起来喝杯酒，一起吃点东西？"我毫不犹豫地接受了他们的邀请。后来我才知道，这几位年轻人是从杭州来这旅游的，在这美丽的大草原，在这美丽的呼伦湖边，准备了一顿独特的野餐。那天我与这几个素不相识的年轻人一起在呼伦湖边野餐，美丽的风景，快乐的气氛，让我全然融入天赐的美妙的大自然之中。吃完野餐，这几位敬畏自然、爱护自然的年轻人说，决不能污染这美丽的大草原、美丽的湖泊，把野餐的地方收拾得干干净净后才离开。后来我与这几位年轻人成了朋友，现在还时常联系。

看着朋友发来的在草地上野餐的照片，想着这一个个关于野餐的故事，无论是儿时在大山里的野餐，还是后来在北国大草原美丽湖边的野餐，都已经过去很多年了，但那一次次野餐所带给我的远远不仅是在大自然中吃一顿这么简单，更给我留下了许多温暖如春的故事。我在想，这些美好的记忆将会永远留在我心中，会让我时常想起。

（原载2021年第10期《散文选刊·下半月》）

西藏的韵味

一个去过西藏的朋友曾经对我说,你可以不出国,但一定要去西藏。一个偶然的机会我去了西藏。坐在舷窗边,在一万多米的高空往下看,尽是白茫茫的云。空中飞行一个多小时后,飞机降落在贡嘎机场,据说这是世界上海拔最高的机场。走下飞机,风很大也很凉,抬头看天空,蓝得透明透亮,蓝得不含一点杂质,像清水洗涤过一般,令人不敢相信。

来机场接我的朋友为我献上洁白的哈达,给我讲了一些到高原要注意的事项:第一天不要急于去欣赏美景,不要匆忙行事,应该老老实实在房间休息,少说话,少活动,慢走路,尽量不要洗澡,以防感冒。到高原的内地人一般要2~3天才能适应。随后，我随朋友去了山南的泽当镇。

坐车到达泽当，我没有感觉什么不适，显得很自然，我庆幸自己没有高原反应。但晚上，开始有反应了，有些头晕脑涨，像喝醉了酒。藏地的夜色来得很晚，夜里9点，泽当却亮如白昼，10点才天黑，我开始睡，但那天晚上总觉得不舒服，在床上翻来覆去睡不着，好不容易睡着了，又醒来，估计整个晚上只睡了3个小时。或许这就是高原反应吧。

进藏的第一天早上，好客的朋友给我端来了酥油茶和糌粑。由于有高原反应，青稞酒，我说待离藏时再喝。酥油茶是一种类似在茶里加上牛油的饮料，因用的是牦牛油，喝下去有一股膻味，我不习惯喝这种茶，但为了礼貌，强忍着呷了几口。而当地的朋友说，我喝了，就不能空杯，便不停地给我加。他们专门有人提着壶立在我们身旁，我们喝一口，他们就给我们杯里添一口，这么一来，即使不想喝也只得多喝了。

在西藏的朋友这样形容西藏：藏北草原辽阔壮美，有北国风光之韵；后藏山川奇雄宏伟，具苍凉广博之感；山南雅砻则是藏文化发祥地，山河秀美，好似长江黄河流域；而林芝山水却与江南风光十分相近。在他们的陪同下，去了日喀则、山南、林芝后，我认同了他们的说法。游拉萨，是在离藏的前一天。拉萨是举世闻名的"日光城"，那是一座没有阴影的城市，有闻名遐迩的布达拉宫、八廓街和大昭寺，在这里你能真正感受到高原城市那特有的韵味。

离藏前一天晚上，朋友热情地为我做好晚餐，并准备了青稞酒为我送行。在内地从不喝酒的我难以抵挡友人的深情厚谊,或许已经适应了高原的环境,那晚我来了个一醉方休,喝了差不多八两青稞酒。整个晚餐沉浸在一片欢乐、祥和、喜庆的气氛中。在机场登机的那一刻,对这块土地我真有一种依依不舍的感觉。

(原载2021年3月17日《羊城晚报》)

帮人就是帮己

这是很多年前的一个故事。

那时我还在湘西南的一座城市里工作生活。

故事的主人公是我的一位朋友,是位乡村教师。

他出生在一个小山村。这是个大山深处的小村庄,东一栋、西一栋,低矮的小木屋散落在林海间。

他是个孤儿,是吃村里的百家饭长大的。乡亲们今天你一把米、明天他半勺油,一直在帮助他。

在乡亲们的资助下,他上了高中,毕业时成绩优异的他在高考志愿栏上填报了家乡的那所师范大学。

"这可是人生的一个重要选择!你的

成绩完全可以上重点大学!" 班主任说。

"老师,我只填这个志愿,我想大学毕业后回我们村里教书。"

那年9月,他如愿以偿考上了师范大学。

在大学里,他如饥似渴地学习,同学们节假日逛街玩耍,他选择学习。

大学毕业时,同学们忙着联系工作,他忙着去图书馆看书。

省城一所知名中学来招聘教师,一位很欣赏他的老教授推荐了他。了解情况后,那所中学决定录用他,然而他却婉言谢绝了。

放着好好的省城学校不去,非要回到条件艰苦的大山里的村小,同学们很惊讶。

那位推荐他的老教授也感到意外,把他叫到办公室。

"这可是去省城工作,你可要考虑清楚,如果放弃了,想再去省城可就没那么容易了。"

"老师,我来师范大学就是想毕业后回去教书,让家乡的孩子们多学点知识。"

"农村学校确实很需要像你这样的大学生,但条件很辛苦,要有心理准备啊。"听了他的解释,老教授很欣慰地说。

大学毕业后,他来到了这所大山深处的从未有过大学生任教的村小。

他放弃去省城回村小任教的感恩举动,感动了村里的男女老少。

回村的时候他受到了热烈欢迎,乡亲们来到村口迎接他。

在这所村小学,他忘我地工作,恨不得把所学的知识全部教给孩子们。

他的努力赢得了学校、学生和乡亲们的交口称赞,也创下了学校从未有过的好业绩。

那年春天,从南方吹来的温暖的春风,吹绿了路边的小草、大山里的树木,吹开了乡亲们屋旁的玫瑰花、牵牛花,吹醒了各种冬眠的小动物,吹来了从南方过冬回来的正在屋檐下做窝的那一对对美丽欢悦的小燕子,也吹来了他的爱情。

他认识了邻村的一位小学教师。

她也是一位大学生,大学毕业后也选择了来到山村小学教书。这位青春焕发的女教师,一头乌丝披在肩上,面孔是那种淡淡的、娇柔的白,也是位很受学生和家长喜爱的教师。

秋天是收获的季节。那年秋天,因为同样的追求,同样的爱好,他和这位美丽的女教师牵手走进了婚姻的殿堂。

后来他问妻子为什么要选择他。

她说是他懂得感恩的心感动了她。

那年寒假,他去参加一个培训班,突然感觉浑身乏力,他没在意,认为是没休息好。

一同去参加培训的老师要他去医院做了检查,结果一检查,他被确诊为白血病。

还沉浸在甜蜜新婚中的妻子听到这个消息时,感觉心里一阵刀剜,一寸一寸地痛,过后,她的脑子里只有一个想法,那就是一定要治好丈夫的病。

这个消息在村里传开了,听到消息后的乡亲们做出一个坚定的选择，那就是一起筹钱，一定要帮助他治好病。

后来他的事迹被媒体报道了，他的母校、老师、同学、朋友和社会各界爱心人士纷纷向他伸出了援助之手。

那是一个花香四溢、春光醉人的季节，空气是这样的清香，使人的胸脯感到分外的舒畅。

他完成了骨髓移植，手术很成功，康复后出院了，又回到心爱的讲台，回到大山里的孩子身边。

我离开那座城市很多年了，也很多年没有再去那座城市，那里的人和事很多也已淡忘，但这个故事一直浮现在我的脑海。子夜，在电脑前敲下这些文字，在心里默默地说，赠人玫瑰，手留余香，帮人就是帮己。这是一个我爱讲的故事。

（原载2021年8月21日《南方农村报》）

再到浮桥

第一次听说浮桥,那时我还在大山深处老家的村小学读二年级。父亲去了趟县城,回来后给我讲起城里的事情,讲起家乡淑水河上的浮桥。说浮桥是很多条船连在一起,船上铺着木板,也就是桥板,水涨高,桥也跟着涨高。父亲关于浮桥的描述,让儿时的我顿感好奇,也从那时起,就很想去县城看看浮桥。

记得那天,父亲不知是有意还是随口一说:"儿子,期末考了第一名,我就带你去县城看浮桥。"结果那年期末,我考了第二名,自然也就没能去成县城看浮桥。儿时的老家,乡亲们去趟县城很不容易,得花整整一天时间。要先走三四十里山路,再坐一天一趟去县城的班车,别说小孩,就是很多大人也是没去过县城的。

记忆中,我去得最多、玩得最多的地方,自然就是屋后的梓树坡、采石丘、塘鱼石、五家坡,从门前流过的山羊溪,穿过村子的善溪江。儿时的我常和小伙伴们去大山里放牛砍柴打猪草,躺在青嫩柔软的草地上,仰望蓝天上的白云从这峰飞向那峰,看美丽的蝴蝶在花丛中翩翩起舞,听鸟儿在树林里嬉闹欢唱,爬到树上去捉蝉、掏鸟窝、摘野果,去溪里江里游泳、抓螃蟹、钓鱼、捉虾……

第一次见到浮桥,是我上高中后的第一个星期天,那是一个明朗的秋日,天空似清水一般澄清,在蓝湛湛的苍穹下,太阳光温和中微带凉意,一切光景美到不可形容。在县城里的同学指引下,我走在向往了很久的浮桥上,十几条木船横向排列在溆水河上,铁索连接在船与船之间,船上铺着木板,也就是桥板,桥与河岸之间有跳板。江水缓缓流淌,我迎着河面上吹来的惬意微风,心情十分激动,也很愉悦,那种感觉我至今清晰记得,现在仍不时回味。

家乡溆浦从地域来讲属于大湘西,两千多年前,爱国诗人屈原被贬流放至此,写下了"入溆浦余儃徊兮,迷不知吾所如"的佳句,留下了很多感人的传说。为传承屈原文化,家乡修建有屈原庙、涉江楼、橘颂阁、怀屈楼、屈原文化广场……溆水河穿城而过,把县城分成南北两块。这里以前是没浮桥的,过河只能坐摆渡船。传说城南有女嫁城北,从娘家回城北的渡口码头,风急浪大,不能过河。天黑时,男人来接她,却只能隔河相望,谁也不愿意离开,时值严冬,晚上大雪让夫妻变成雪人,后化为水鸟,栖息淑水河边,常年"要修桥,要修桥"地叫唤不停。当然这只是个传说,不可考究,但也说明在淑水河上建桥的重要性。听县城里的人说,在没有建墩桥的时候,20世纪40年代,爱心人士捐资建了这座浮桥。

读高中那会,碰上周末,我常会去这座连接着城北与城南的浮桥上走一走,看一看,喜欢静静地坐在浮桥上看风景,看两岸的城市景观,看清澈见底的河水,看青翠如碧的河场,看江面上打鱼的渔船,看浮桥上的人来人往,南来的、北往的,骑摩托的、推自行车的,挑担的、空手的,走亲戚的、上学的,摆摊的、乘凉的,老年人、年轻人,城里人、乡下人,感受着这人景相融、美丽动人的画卷。

关于浮桥,后来我才知道,古人最早能建造的长而且大的桥梁就是浮桥,因为在他们不会或者是难以在深水中筑墩架梁,但又需要渡过河流时,首先想到的是坐船,然后就是把若干条船连在一起铺上桥板,也就是浮桥。早在《诗经》中就有记载:"文定厥祥,亲迎于渭。造舟为梁,不显其光。"说的是周文王娶妻,在渭水上架浮桥的故事。《后汉书》记载,公孙述为阻汉军入蜀,横江水起浮桥,以拒汉兵。现在有不少名桥也是浮桥,例如潮州的广济桥,集浮桥、梁桥、拱桥于一体,以其"十八梭船二十四洲"的独特风格进入中国四大古桥之列。赣州建春门古浮桥,据说始建于宋代,已有800多年的历史,整座浮桥是由100多条小船用缆绳相连在一起而成。

我离开家乡在外工作生活已经很多年了，现在回老家的村子坐高铁走高速都不需要经过县城，自然很少去县城，很多年没有去浮桥。这次因有事回县城，于是特意去了久违的浮桥。现在的浮桥是重修的，钢船换了原来的木船，20多条钢船首尾连接，比原来的漂亮，也更牢固，更宽敞，站在堤岸上，俯视浮桥，有着别样的美丽，有着别样的感情。

这次与我一起去浮桥的，是特意从外地赶回来的朋友。那天，我俩如学生时代一样坐在浮桥上，看风景，看人来人往，聊了很多人，聊了很多事，聊起一起看浮桥的那段难忘岁月，也聊起了家乡日新月异的变化，聊起家乡人们的幸福生活……

又到淑水河上的美丽浮桥，那天我们坐在桥上，坐了很久，直到深夜才依依不舍起身离去，之所以不愿离开，或许是因为浮桥留给了我们太多美好的记忆，也或许是在外生活的游子对自己生活过的地方那深深的眷恋之情。

（原载2021年7月14日《中国社会报》）

想起那头黄牛

前不久，母亲打来电话，说家里的牛卖了。这牛是前年买的，当时村子里的一位大伯生病住院，他爱人也跟着身体不适住院，家里牛没人管，并且急着要钱，便想着把牛卖掉，但一时半会找不到好买主。对牛特别有感情的父亲跟母亲商量后，把牛买了回来。我知道后，曾责怪过父亲，说他年龄大了，要注意身体，不要老想着干活。父亲在电话里笑着说，还干得动，买牛也是在帮大伯，养一年半载就会卖的，让我不要担心。

挂掉母亲的电话，我在想，要不是前段时间父亲身体有点不适，要不是在我的反复催促下，估计这牛现在还没卖。母亲的电话让我仿佛又回到了儿时，让我想起儿时大山里一个个关于牛的故事。

我的老家在一座大山的深处，那里是林区，为解决吃饭问题，祖祖辈辈在大山里开垦了很多梯田，用来种植水稻。要种田，自然就离不开牛，于是大山里家家户户都有养牛的习惯。我们家养过好几头牛，父亲对每一头牛都特别爱护，有时我都觉得父亲似乎把牛看成是家里重要一员。

记忆中，父亲下地干活时，总会带上一把割草的刀，看到路边的嫩草，就会割下来，带回来喂牛。特别是冬天，碰到天气不好，大多不出去放牛，常用干稻草等草料来喂牛，父亲总是说，牛老是吃干草料，是没营养的。于是他去很远很远的大山里割冬茅草，并说牛特别喜欢吃这种草。父亲每次从大山里割回鲜嫩的冬茅草，就迫不及待地抽出几把扔进牛栏里，然后站在牛栏边，望着牛津津有味地吃着冬茅草，他脸上洋溢着微笑，满足感、成就感也写满脸上。

在我家养过的牛中，有一头牛我记忆特别深刻。那是一头很大的黄牛，因为头上的角像扁担，我们称它"扁担角"。这头牛个体大，很健壮，脑子灵敏，村子里的牛都不敢跟它打架，见了它都很友好，每次我与小伙伴们在山上放牛，其他的牛都跟在它后面，俨然一副王者风范。母亲说外村也有一头很健壮的牛，有一次在山上碰到我们家的"扁担角"，那牛不知道我家"扁担角"的实力，竟然来挑衅它，结果那牛被我们家的"扁担角"打得落荒而逃，以后见了我家的"扁担角"都是躲着走。

父亲特别喜欢这头牛，每次我去放牛时，父亲都要嘱咐我，要选草嫩草好的地方去放。"扁担角"在我父亲手里变得非常温顺,父亲经常摸摸它的头,仿佛一位大人在摸自己的孩子,充满了关爱。父亲喜欢"扁担角",还缘于"扁担角"干起活来特别卖力,比一般的牛能干很多。每次父亲牵它去干活时,都会引来乡亲们一片羡慕的眼光,在乡亲们的称赞声中,父亲也显得特别自豪。

记忆中,要是犁田的日子,父亲一早起来就会嘱咐母亲,要她上山去割些最好的茅草回来,用来奖赏辛勤劳作了一天的"扁担角",让它吃得饱饱的,第二天干起活来更有劲。遇上节假日,我们兄妹也常跟母亲上山去割草,为了不耽误割草,有时我们还会把午饭也带到山上来吃,吃饭时,把柔软的茅草当坐垫,把草地当饭桌,带来的饭菜虽然很简朴,但那种愉悦欢快的吃饭场景至今仍清晰地浮现在眼前,仿佛就发生在昨天。

"扁担角"干了一天活回来,父亲常会用商量的口吻跟母亲说:"要不磨点黄豆浆给'扁担角'吃,给它补充补充营养。"于是母亲立即去仓库,拿出一些黄豆,先浸泡在水里,然后磨成豆浆喂给"扁担角"吃。当然还有比豆浆更好的食品。记得有一次,"扁担角"犁田非常卖力,一般的牛要两天才能犁完的田,它一天就完成了。那天父亲特别高兴,回到家后,一个劲地跟我们说"扁担角"如何如何卖力,说它很辛苦,要好好奖赏它。那天晚上,父亲竟背着母亲,偷偷地在草料里加了两个鸡蛋,摸着"扁担角"的头神秘地说:"今天很辛苦吧?看把你累的,我给你奖励点好吃的,让你好好补补身体。"

"扁担角"在我家养了很多年,我们全家都对它很有感情。那年9月,哥考上大学,为凑学费,家里实在想不出别的办法,于是父亲决定把"扁担角"卖了。母亲说,卖牛的那天,父亲又给"扁担角"在草料里加了两个鸡蛋,也许是"扁担角"也已知道自己要离开这个家,那天的鸡蛋草料也没怎么吃,父亲在牛圈前站了很久很久,默默地看着"扁担角",牛也默默地看着他,牛流泪了,父亲也流泪了。

转眼间,我离开大山里的老家,在繁华的都市工作生活已经快20年了,但故乡的一山一水、一草一木,故乡的人和事仍时常浮现在我脑海,每次看到牛,我就会想起儿时在大山里生活的时光,就会想起我家那头吃鸡蛋的老黄牛。

(原载2021年第17期《南方》杂志)

希望的力量

这是多年前的一个故事。那时我在湘西南的一座城市里生活。

在这城市中心的休闲广场,晨练的人很多。我也常去晨练,在广场边上,我常看到一位瘦小拉二胡的卖艺老人。

那是一个明媚清新的早晨,天空像洗刷过一般,没有一丝云雾,在远处的树林后面,光芒四射的太阳慢慢升起,阳光晒得大地镀上了金色,美丽极了。

那天晨练后,出于好奇我与老人聊了起来,聊起了他的故事。在与眼前这位老人聊天的过程中,我改变了对他的看法,他不是瘦小,而是伟岸高大。

老人穿戴干净无污。这使我想起自己小时候的样子,尽管那时我们兄妹穿着缝补过的破旧衣服，但父母总让我们保持着干净与整洁。父母常说人穷志不穷，不要因为家里穷而使自己失去追求，萎靡不振，把自己弄得一副邋遢的样子。

老人拉二胡很认真，拉的也都是一些积极向上的正能量乐曲，比如《好人好梦》《祝你平安》《爱的奉献》等。琴声也很动听，休闲广场上来来往往的行人，有不少人被琴声吸引，屏声静气，驻足聆听。也有好心人把一块钱的硬币或几角钱的纸币放在他面前的小盒子里，当然也有5元、10元、20元……

每当有人放钱，老人都会真诚地说声"谢谢"，然后继续拉着他的二胡，身心完全沉浸在音乐渲染出的那种至真至纯的艺术氛围里。

我是听村里人拉二胡长大的。记忆中，村里人在忙碌之余，常在我家的那棵老梨树下拉二胡。村里人的二胡大多是自己做的，竹筒蒙上蛤蟆皮或蛇皮做成二胡，样子粗糙，但拉出的声音很美。

邻居张叔叔拉二胡特别动听，他拉的《十送红军》《八月桂花香》《十五的月亮》等乐曲，现在我记忆都特别深刻，那琴声也常在我的耳畔萦绕。特别是夏日的夜晚，银白的月光洒在地上，夜的香气弥漫在空中，那动听的琴声如同注入我们身心的一股清风，醉了我们，也醉了乡村。

老人告诉我他来自一个偏僻的小山村，老伴早年去世了，他唯一的儿子5年前在车祸中不幸去世，后来儿媳妇也走了，留下了他和正在上小学的孙女，他来到这个城市在休闲广场卖艺就是希望能多挣点钱供孙女上学。他说孙女现在上高中了，成绩很好，学校也给了他孙女助学补贴和奖学金。说到这时,老人脸上写满了喜悦。

我问他从乡下来到城里,人生地不熟,生活会不会很艰辛?

老人没有正面回答我,而是指向太阳升起的地方,说:"当你朝着太阳升起的地方走去,就会觉得每天都是新的。有希望就有力量,就觉得生活很美好,永远是春天。我的希望就是我的孙女能有出息,我现在最大的愿望就是把孙女送进大学的校园。"

他接着说:"当你背向太阳的时候,你只看到自己的影子,人要学会向前看,人生风风雨雨,不管曾经怎样,朝着太阳升起的地方走去,阴影就会被抛在身后。"

没想到一位卖艺老人的话如此充满哲理。老人的话让我很受启发,也让我想起了我的父母。

我家在大山深处,那时在我们那里不少孩子因家里穷,没读几年书就走出大山打工去了,但我父母省吃节用,宁愿自己吃苦,也坚持要让我们兄妹上学。

我父母常跟我们说,他们最大的心愿就是看到我们能多学点知识,将来能有出息,这样他们干活也就觉得有劲,不累了。

父母靠着体力长年累月在那块贫瘠的土地上耕耘,耕来耕去,一年到头却挣不到几个钱。尽管家里穷,仍坚持让我们兄妹都上学。

记得那年,为了我们兄妹的学费,父亲把外公送给他的结婚礼物,一把传了几代人的老玉烟斗,他的"宝贝"也卖了。

记得父亲卖烟斗的那天我很伤感,一个人偷偷地躲进屋后的山里，默默地坐在一棵老松树下，泪珠不断地往下掉，在心里暗暗对自己说，将来一定要把父亲的老玉烟斗赎回来。

我参加工作后，几经周转，终于在外省的一户人家找到了这把后来又几易主人的老玉烟斗，当我向买主说明情况后，买主被我感动了。在父亲生日的时候，我把赎回的这把老玉烟斗作为礼物送给了父亲，看到曾经的烟斗再次回到自己手中，父亲激动得泪流满面。

有希望就有精神支柱，就没有克服不了的困难。我的父母就是凭着心中的希望，靠着卖苦力，在湘西一座大山深处的农村，把我们三兄妹都送进了大学的校园。

我常在想不同的人有不同的希望，有人希望有财富，有人希望有美丽的容颜，还有人希望有名利，而这位卖艺的老人的希望是给自己孙女圆梦。

那天，我在老人面前的那个盒子里放了100块钱，这是我对这位携着希望卖艺的老人一种深深的敬意，一种由衷的敬意，更是在给老人增添希望的力量。

这件事过去很多年了，我也离开了那个城市，也没有再见过那位老人，但我时常想起那位老人，想起与老人那段充满哲理的谈话。我也相信老人的孙女一定早已走进了大学的校园，早就圆了老人的心愿。

（原载2019年8月15日《辽沈晚报》，被《小品文选刊》《联合日报》等转载，入选学习强国平台）

预定希望

看到一朋友发的朋友圈,说要预定希望。觉得很好奇,于是问朋友,"预定希望"具体指什么?朋友说就是给自己预定一个目标,完成后给自己一个奖励,实现一个心愿,让自己想着这个希望能开心快乐,想着这个希望有干劲。

朋友的这条信息,让我想起儿时的故事。我小时候也曾给自己预定过希望。儿时的我生活在大山深处,大山里交通很不方便,没有汽车,没有火车,就是自行车也是少有的。记得有一次我随父亲去邻县的润溪镇赶集,第一次看到了火车,我很是羡慕,于是跟父亲说,我想坐一次火车。父亲说:"期末拿了奖状回来,就带你去坐一次火车。"为了这个预定的希望，我读书非常用功。那年期末，我真拿回了奖状，父亲也兑现了诺言，带我第一次坐了火车。尽管这件事过去很多年了，但这个预定希望的故事，一直印在我的心里。

预定希望，也使我想起曾经坐过的出租车的一位司机。这位出租车司机来自农村，他说他每年都要给自己定一个目标，每年他都会为了这份"预定的希望"努力。他说通过自己的努力，这些目标大多都实现了，两个小孩都上了大学，在老家也建了新房。有希望就有力量，就有使不完的劲，就有可能取得意想不到的成绩。

当然，预定希望也有很多种，比如，看到一套心仪很久的衣服却舍不得买，可预定一个希望，完成目标任务后，把心仪的衣服买回。预定希望，甚至还可小到实现目标后，去吃顿早就想去吃的美味、看一场电影、听一场音乐会等。

学会给自己预定希望，在实现的过程中，心情会更美好，生活会更充实，能取得更好成绩，得到更好成长，让你的人生更美好，生活更幸福。

（原载2021年7月17日《广州日报》，被《文摘报》《思维与智慧》等转载）

敢于断舍离

周末,一朋友打来电话,说家里东西太多了,需要清理掉一些,但是每次清理时都清理不了几件。比如清理衣柜,每次都是败下阵来。后来干脆像买衣服一样,一件一件地在镜子面前试穿,觉得不合适的就丢掉,结果还是失败。为什么呢?她说似乎所有的衣服都能找到留下的理由,要么觉得还可以穿,要么觉得有感情、有故事、有记忆……清理其他东西也一样,于是现在家里东西越来越多,必须狠下心来一次彻底的"断舍离"。她打电话就是想问问我,有没有什么好办法。

朋友的电话让我想起苏格拉底曾说过一句话:这个世界上,竟然有那么多东西,是我不需要的。在生活中,我们都懂得要断舍离的道理，也明白要清理掉生活中一些无关紧要的东西，做起来却往往不容易。原因当然是多方面的，但我觉得其中最重要的原因就是缺乏清晰的清理标准，少了些敢于"断舍离"的勇气。

"断舍离"是一种生活态度，更是一种生活智慧。要"断舍离"，就要懂得取舍；有取舍，就得有选择；有选择，就得有标准。亚圣孟子曾说："鱼，我所欲也；熊掌，亦我所欲也。二者不可得兼，舍鱼而取熊掌者也。"读亚圣这段文字，我们就知道他对于取舍，有着十分清晰的标准，清楚明确地告诉我们什么该留，什么该舍。

"当断不断，反受其乱。"有了标准，接下来就需要有敢于"断舍离"的勇气。生活中，我们往往因为怀旧等因素的影响，舍弃一样东西往往比抓住一件东西更难，更需要勇气，要敢于断绝不需要的，舍弃多余的，脱离留恋的，果断放手，轻装前行。我想，我的那位朋友或许就是因为缺乏勇气，该断不敢断，该舍不敢舍，该离不敢离，一次次清理，一次次失败，家里东西堆积如山，影响了生活。

清理物品是这样，对待人和事又何尝不是这样？我们要及时整理臃肿的行囊，清理掉不需要的物品、不愉快的记忆、沉重而压抑的情感，对心灵进行减负和洗涤，卸下包袱，轻松上阵。

"断舍离"不是清空，是舍弃不需要的，留下真正重要的，腾出更多空间、时间和精力，做好真正重要的，让生活更美好。

（原载2021年7月6日《内蒙古晨报》，被《运城晚报》《陇南日报》等转载）

记忆中的过年

过了腊八就是年，过年的氛围又渐渐浓厚起来。这几天，在与朋友讨论过年的话题时，那些关于过年的已经久远的记忆又清晰地浮现在脑海。

我是在大山里长大的，记忆中儿时的我们最开心的莫过于期盼过年。儿时的老家，乡亲们都不富裕，孩子们平时很难穿到新衣服，吃到好东西。而过年时可以吃到平时很难一齐上桌的鸡鸭鱼肉，也能穿上一年难得穿到的新衣服，还可以踩高跷、看戏、舞狮舞龙，过年这几天大人大多也不批评小孩，可以尽情地玩，还有压岁钱……

每年进入腊月，孩提时的我们就数着日子盼过年，巴不得时间过得快点，再快点。

儿时的老家过年是很热闹的，年味感觉也要比城里浓。买年货、磨豆腐、打糍粑、杀鸡宰鹅、清洗年货、贴对联……男女老少齐上阵，屋里屋外到处充满了浓浓的年味。

记忆中乡下老家过年是要杀年猪的。在村子里，谁家杀年猪，邻居们都会来帮忙，这也是这家人感谢邻居们一年来的帮助，祝福邻居们在接下来的一年里和和美美、顺顺利利的好时机。主人把刚刚杀的年猪，那还冒着热气的猪肉、猪血、猪肝……做成一碗碗丰盛的菜肴，拿出自家储藏的用来招待贵宾的好酒来招待邻居。餐桌上夹菜敬酒，推杯换盏，菜凉了再热，吃了再添，酒喝了一碗又一碗，上了一瓶再上一瓶，喝得大家酣畅淋漓，面红耳赤，喜形于色。酒后乡亲们话匣子也彻底打开了，即使平时邻里之间有点小矛盾的，这时也在餐桌上、在酒里融化了，亲情、友情、乡情也在餐桌上，在酒里升华了。

最让我难忘的还是年三十。父母在厨房里忙着做年夜饭，我们兄妹坐在灶屋里，看着父母杀鸡炖肉，等着馋人的年干肉、年夜饭……茶屋里的火炉也烧得很旺，平时节约着点的煤油灯此时也拨到最亮，寓意着全家人新年旺旺，前景光明。在旺旺的火炉边，全家老小围坐在一起吃年夜饭，说着过去一年的工作，相互祝福，话说着新年，其乐融融。大年夜，村子里家家户户都会放爆竹，此起彼伏的鞭炮声响彻夜空，充满着浓浓的年味，也充满了浓浓的人情味。

从初一开始，村子里家家户户就开始拜年，走亲访友，村子到处洋溢着过年的喜气,这种年味和气氛会一直延续到元宵节后才渐渐散去。

关于过年,我又想起在沿海打工时过的那个年。

那年我18岁,来自大山深处的贫困农家,因家里无法承担我们三兄妹同时上学的学费,我不得不选择休学,来到沿海的一个城市打工,为自己赚取学费。

爱好看书的我,打工之余常去附近的一家旧书店看书。记忆中的那家旧书店很小。书店的主人退休前是一位中学教师,老人在家里闲着没事,酷爱读书的他就经营起了这家旧书店。

因为在那家旧书店看书多了,渐渐地我与老板熟了。老板知道我还想回去参加高考,对我说了很多鼓励的话,要我坚持学习,不要放弃,并给我讲了他教过的一些学生的故事。

那年过年,为了赚学费也为了节省路费,我选择了在工厂过年。就在过年的前几天,我去那家旧书店看书。书店老板知道我一个人在异乡过年时,说他是位老师,邀请我去他家过年,这是一位退休老教师对一位有志气的青年的一种鼓励。我清晰地记得,听老人说这些时,我感动了,眼里噙满了泪水。那年我跟随老人去了他家过年。

赚够了学费后,我重新回到了校园,后来我考上了大学、读了研。参加工作后,我特意去找过那家旧书店,但旧书店没了,房子也拆了,遗憾的是也没了老人的联系方式。离开那家旧书店已经20多年了,不知那位可亲可敬的老人现在身体是否康健,是否还在经营旧书店?老人当年对我的帮助,对一位打工青年的关怀和鼓励，特别是那个令我温馨温暖的年，我一直铭记在心，仿佛就在昨天。

过年是一种风俗，更是一种祝福，一种对美好未来的憧憬。我在想，不管我们在哪里过年，那些关于过年的美好记忆一定都会珍藏在我们心底，会让我时常去咀嚼，去回味。

（原载2021年2月10日《南方日报》）

最好的状态

深夜,一位朋友打来电话,说最近生意不太好,压力特别大,天天失眠,感觉身体一天不如一天。我开导他,因为生意不好,便忧思成疾,这不但解决不了问题,反而会影响生意,甚至造成恶性循环,不但影响自己的身心健康,还会拖累家人和朋友。

健康太重要了。有人把健康比作1,其他都比作0,说如果1没了,后面再多的0也失去了意义。

我劝朋友,先好好放松一下,调理身心,心态平和,才有冷静的头脑去思考如何提升业绩。

在生活中,有些人不太重视健康,饮食没规律,不爱运动,作息混乱,就算无所事事，也要熬夜，当身体出现问题，才后悔不迭。

我认为，一个人最好的状态就是健康。保持健康不仅是对自己负责，也是对家人和社会负责。健康虽然不是一切，但没有健康，也许就会失去一切。努力工作很重要，但要以身体健康为前提。实际上，只有保持身体健康，才能更好、更持久地工作。

我想起另外一位朋友。这位朋友曾为自己定下小目标，要拼命挣钱，在三五年内买车买房，结果精力、体力都在透支，活得并不快乐。后来，他依然努力工作，但也会为自己"留白"，劳逸结合、锻炼身体、品味人生。

有人说，健康与幸福就像土地与房子，有土地不一定有房子，但没有土地就建不起房子。有健康不一定幸福，但没有健康，幸福很可能就是空中楼阁。

（原载2021年8月18日《陕西农村报》）

家乡的老梨树

我的故乡梅兰村在湘西一座大山的深处,是一个依山而建的小村庄。在村庄的东头,有一个叫向阳坪的小院,我家就在这个小院里。屋前屋后满是果树,比如梨树、桃树、杨梅树、李子树、枇杷树、橘子树、枣树,还有葡萄……

有人说,离开家乡愈久,你思念的东西就愈多,一座山、一条河、一片小树林,甚而是抽旱烟的邻居大爷、穿开裆裤的小伙伴,都会给你留下清晰的记忆。也许是多年远离家乡的缘故,近来脑海里总是浮现出很多关于我家门前那棵老梨树的记忆。

我家门前的那棵老梨树很大,有两丈多高,古朴淡雅,枝冠如伞,是院子里一道亮丽的风景。听父亲讲，这棵老梨树已有很久的历史了，但到底是什么时候栽种的，我说不清楚，年近古稀的老父亲也说不清楚。我的童年是在老梨树下度过的，老梨树带给了我无限的快乐，也给我留下了许多难以忘怀的记忆。

古诗云："春到梨花意更长，好将素质殿红芳。"记忆中，每到春暖花开的时候，整个院子都在花海中。经过了一冬积蓄和等待的老梨树，枝头就会挂满雪白雪白的梨花。雨后的清晨，山明水净，空气格外清新，我们一开门，就会看到满树的梨花，特别是清风微微一吹，白色的梨花就会在枝头翩翩起舞，满天花瓣，好似天女散花，释放出醉人的清香，在整个小院里弥漫开来，童年时的我常常以为春天就是白色的。

夏天的老梨树枝繁叶茂，一串串喜鹊蛋大小的青嫩果子挂满枝头，处处写满生机与活力。炎炎夏日，绿荫清凉。梨树下也成了乡亲们聚集的场所，劳碌后的乡亲们会在这里抽旱烟、聊家常、传八卦。夏天我们全家都喜欢在梨树下吃饭乘凉。我还会在树下看借来的《西游记》《红楼梦》《三国演义》……也会在树下摆张小桌写作业。夏天的老梨树上鸟儿也常会赶过来凑热闹，在树上尽情欢唱，有时还有喜鹊来，那时我们一家人都很开心，因为我们那里有"喜鹊叫，喜事到"的说法。夏日的夜晚，凉风习习，我们会在梨树下放一条长凳，院子的孩子们也会过来玩。月光下，我父母在梨树下一边干活，一边给我们讲故事，比如穆桂英挂帅、朱买臣砍柴、吕蒙正赊猪头过年、三个女婿拜寿的故事等，也有本地题材的，比如陶澍上南京，我们听得津津有味，深夜还不肯离去。

秋天满树硕果,枝头欲坠,泛黄的梨子压弯了枝头,让人满怀秋收的喜悦。采摘梨子的时候,欢声笑语撒满了院落,这时也是我们兄妹最开心的时候。

冬天树叶由绿变黄,雪压枝头,也是一道格外亮丽的风景。老梨树的树叶在风中像蝴蝶翩翩飞舞,飘飘洒洒地从天空中飞下来,落在地上,铺一地金黄,人走在上面"沙沙"作响,别有一番风味。要是遇到漫天大雪,银装素裹的老梨树,仿佛一个巨大的圣诞老人,煞是好看。我和小伙伴们就会在老梨树下堆雪人、掷雪球、打雪仗,你打我我打你,雪球乱飞,喊叫不止,欢声笑语此起彼伏,那欢乐的叫喊声,把老梨树树枝上的雪都震落下来。

有人说有古树,村庄才有灵气。有古树,村子才有说不完的故事。我家的这棵老梨树带给了我快乐,带给了我讲不完的故事。

(原载2019年5月14日《羊城晚报》)

欣赏你的工作

一位刚参加工作的亲戚打来电话,说他不想在现在的单位上班了,因为对单位的人和事都感讨厌,早上起床,想着要上班,就觉得很烦闷,到了单位后,也干得很不开心。

挂了电话,我在想,刚参加工作有点不顺很正常,不能因为有点不顺就讨厌单位的人和事,进而讨厌一切,不想上班。如果没能力辞职,为什么不换一个角度,用欣赏的眼光看待工作,把上班当成乐事,将眼前的不顺看成是提升的过程呢?也许换个角度,换种心情,工作就顺眼了,人也开心了。

如果不喜欢自己的工作,自然会觉得很辛苦、很烦闷,也就不会用心工作,也就做不好工作，也就更加不顺心。

讨厌、抱怨、推诿，终其一生也不会有真正意义上的成功。人生中，干某种工作可能是偶然，但能否干出成绩，则多半取决于态度。同样的岗位、同样的学历、同样的生活，为什么有的人几年下来硕果累累，有的人却收获甚微？区别在于有的人是在用心工作，把工作当成乐事，把工作当成理想和事业来追求；而有的人则不一样，得过且过，更有甚者把工作当成负担，把下班当成解脱。按钟点干活，到月底领薪，心志并不高远。

因喜欢而热爱，因热爱而努力，因努力而出成绩。用欣赏的眼光，换一种心态，工作就会充满乐趣，即使乏味，也能千方百计地从中找出乐趣来。

记得大学毕业时，一位德高望重的老教授曾对我说过一段话：对待工作要有艺术家的精神，既要有欣赏的眼光，也要像创作精品那样精益求精。这么多年来，我始终过滤掉不好的因素，用欣赏的眼光看待人和事，把平凡工作当成精品创作，尽心尽力，力求尽善尽美，这也让我的生活很受益。

学会用欣赏的眼光发现工作的乐趣，让讨厌工作的心态烟消云散，自然就不会想起上班就烦闷。

（原载2021年4月21日《牡丹晚报》）

生活需要诗意

周末,下楼去锻炼身体,在小区里碰到一位邻居正在高兴地哼着歌儿,我对邻居说:"看来你近段时间生活过得很滋润,都高兴地哼上小曲了。"邻居笑着说:"生活需要诗意。"

生活需要诗意!这句话让我很受启发,这不仅是一种生活技巧,更是一种生活智慧。

我想起很多年前在湘西南边那座城市生活时的故事。我的楼下住着一对老年夫妇,每天都要拉二胡,我问他们为什么这样坚持?这对夫妇说在老家时就喜欢拉二胡,这能让他们沉浸在艺术的世界里,能陶冶情操,能让他们每一天都过得很开心。现在来到城市里和孩子一起生活,依然觉得自己的生活里不能缺少二胡，就保持着以前的生活习惯，每天坚持拉二胡，平淡的日子多了些许诗意。

我还想起一个用音乐辅助治疗的故事。一位朋友心情很压抑，影响了正常的工作生活，后来去看了心理医生。配合治疗之需，心理医生给他开了一些歌单，要他按要求听歌单上的歌曲。过了一段时间，朋友的心情好转了。他说没想到音乐有如此大的力量，现在的他已是一个音乐爱好者。

艺术是人们对美的追求，在这过程中也会丰富自己的精神世界。在生活中，也许我们都碰到过类似的事情——换上喜欢的衣服，精心打扮自己，和心爱的人去听一场音乐会，心情舒畅、愉悦，或许还很激动。还有，我们在心情不好的时候，读到一篇暖心的散文，或看到一幅美丽的图画，或听到一首动听的乐曲，或欣赏一段优美的舞蹈，心情会跟着好起来。

如何让生活变得有诗意？我觉得，一个简单的做法就是在生活中增加艺术元素，追求艺术，不但会让我们有美的享受、心情愉悦，还会使我们更加懂得生活、热爱人生。生活需要艺术，生活需要诗意，从现在开始，在日常生活中增加一些艺术元素，增加一些诗意吧！

（原载2021年7月15日《广州日报》）

懂得感恩

近日，看了一则新闻，在一公交车上，一乘客手机没电，也没带零钱，无法买票，司机正准备用零钱帮他投币，公交车前排一小男孩在妈妈的鼓励下，帮这位乘客投了币。这位乘客正好拎着一袋水果，便送给男孩两个苹果表示感谢，男孩与司机分享苹果，收获司机赠送的李子，公交车上的这温暖一幕感动了众多网友，纷纷点赞……

这则投"币"报李的新闻，使我想起了很多年前的一个故事，那时我还在湘西南的一座城市里工作生活。

有一天，我正在办公室忙着，我曾经资助过的一位学生，参加工作后特意来到我办公室，说就是为了当面对我说一声

"谢谢"。那天，我请他吃了饭，晚上送他上了回他工作所在城市的火车。此后每年春节，我都会收到这位学生寄来的贺卡和小礼物。

认识这位学生，缘于一次与朋友聊天。朋友说在他们大山的村子里，有一个孩子学习成绩很好，也很懂事，但家里贫困，不准备念高中了。朋友随口一说，却使我想起了自己那段坎坷的求学经历，于是与朋友商议决定一起资助这位学生。

我出生在大山里的一个贫困农家，因为家里穷，我也曾辍过学。那是读小学四年级的时候，家里实在拿不出钱给我交学费。是我的一位小学老师来我家做家访，替我垫交了学费，让我重新走进了校园。在后来的求学生涯中，我也得到过不少好心人的帮助，才使我从那个山旮旯里走进了大学校园。

有人说，感恩是一种生活态度，是善于发现美并欣赏美的道德情操，懂得感恩的人会把感恩化作一种积极向上的动力，会把感恩当作自己的人生信条，会把感恩当作阳光人生的精神境界，懂得感恩的人是幸福的。

关于感恩，《诗经》有云："投我以木桃，报之以琼瑶。"《朱子家训》亦有"滴水之恩，涌泉相报"。唐代大诗人李白也有"桃花潭水深千尺，不及汪伦送我情"的诗句。德国哲学家尼采说："感恩即是灵魂上的健康。"法国18世纪启蒙思想家卢梭说："没有感恩就没有真正的美德。"我国著名数学家华罗庚曾说："人家帮我，永志不忘；我帮人家，莫记心上。"

从小我父母就教育我们兄妹要懂得感恩，因此我常怀感恩之心,每年都会给有恩于我的人打电话、写信、寄贺卡、发短信……真心真诚地感谢他们对我的帮助。每次这么做的时候,我都会觉得有一股暖流流遍全身,觉得很幸福。

我每次从城里回老家的村子,都会给邻居们捎点东西,去邻居家坐坐,也算是对给予我帮助的人的一点感恩。而每次我回到村子里,邻居亲人们也都要请我吃饭。等我回城时,他们也都会把家里的土特产给我,并目送我远去。这种热情的场景,每次都让我泪流满面。

关于感恩,我还常想起在湘西南那座城市工作生活时的另一个故事。故事的主人公是我的一位朋友。他是个孤儿,是在乡亲们今天你一把米、明天他半勺油的援助下,吃村里的百家饭长大的。等他大学毕业时,他放弃了去省城工作的机会,选择回到从未有过大学生来任教的家乡山村小学执教。他这一感恩的举动感动了村里的男女老少,他回村的那天,乡亲们来到村口迎接他,他受到了夹道欢迎。

他在山村小学里忘我地工作,恨不得把所学的知识全部教给这大山里的孩子们,他的努力也赢得了学校、学生和乡亲们的交口称赞,也替学校创下了从未有过的好成绩。

不幸的是,后来这位教师确诊患上了白血病。听到这个消息后,乡亲们做出一个坚定的选择,那就是集体筹钱,帮助他治好病。在村里人的努力下,在社会各界爱心人士的帮助下,他完成了骨髓移植手术。在康复出院后,他又坚定地回到了心爱的讲台,回到了大山里的孩子身边。

我离开湘西南那座城市已经很多年了,也有很多年没有再回那座城市,那里的人和事有些也已淡忘,但这两个故事一直浮现在我的脑海。人们对幸福的诠释因各自对幸福的感受和体验而存在差异,有人因财富而幸福,有人因权势而幸福,有人因情爱而幸福,而在这个子夜,我在电脑前敲下这些文字,在心里默默地重复着一句话:懂得感恩的人是幸福的。

　　(原载2020年8月14日《南方日报》)

懂得麻烦邻居

一天晚上，朋友打来电话，说他在机场，不能确定出门时家里的电饭煲是否断电，要我帮忙把他家的电闸关了。

这事完全可让他的邻居来做，为什么要让我这个住得离他比较远的朋友来做？一问才知，朋友在那里住了好几年，但跟邻居基本没互动，手机里存了上百个电话号码和微信好友，但没邻居的，只能麻烦我这个朋友。

俗话说远亲不如近邻，意思是说在遇到紧急情况需帮助时，远方亲戚不如住得近的邻居那样及时给予帮助。这句俗语，在今天仍然很有用。

记得很多年前，我还在湘西南的一座城市里生活，在我家对面住着一位中年人，每天深居简出，看起来也很严肃，感觉很难亲近。有一次，我家来了客人，没纸巾了，于是我鼓起勇气敲开对面这户邻居的门，带着微笑非常友好地说："不好意思，我是住在您对面的邻居，我家纸巾用完了，能不能借我一卷纸巾？"邻居迅速给了我一卷纸巾，也就是那次借纸巾和后来还纸巾的交往，为拉近我与这位邻居的距离开了个好头。后来我与这位邻居熟了，成了朋友，我们出差不在家时，都会互相告知一声，麻烦对方照看一下家，给生活带来很多便利。

来到羊城工作生活后，我也常跟邻居们互动，不时向邻居们借点小东西，出差或者从老家回来，带点土特产送给他们。邻居们也不时来我家借点小东西，也给我捎点土特产，有时我们还会在一起聊聊天、下盘棋……常有人感慨现在大门一关，似乎很难与邻居交往，问我是怎么和邻居们熟悉起来的，我的回答是某一天家里的纸巾没了、盐罐里的盐没了……总之是通过向邻居们借些小东西开始交往的。

我也在想，朋友在那里住了很多年，却不知对面房间住着什么人；手机里存了上百个电话号码和微信好友，却没有一个是邻居的，原因就在于与邻居缺乏互动。

邻里之间缺乏互动，一个重要的原因就是怕麻烦，担心人家不乐意，而实际上邻里之间或许是需要"麻烦"的，也许你认为的麻烦，邻居却认为是举手之劳，是需要他的帮助，是对他的尊重，从而拉近与你的距离。

懂得怎样麻烦邻居是门学问，从一些看起来微小的事情开始,勇敢主动地走出第一步,拉近与邻居的关系,促成融洽的邻里关系,让你的生活更美好。

(原载2020年4月1日《广州日报》,被《文摘报》《文萃报》《华声文萃》《运城晚报》《劳动者报》《牡丹晚报》《城市金融报》等转载)

生活需要辩证法

我的一位朋友是个生意人，起初是做木材生意的，做了很多年，但生意一直不顺，他常说自己不是做生意的料。就在他灰心之时，一个偶然的机会，他亲自下厨，与几个亲戚小聚，大家对他做的菜赞不绝口，一个亲戚半开玩笑半认真地对朋友说："你的厨艺这么好，干吗不开餐馆？"也许是一语惊醒梦中人，朋友放弃了木材生意，尝试着开了一家餐馆。现在，餐馆的生意很好，在好几个城市都开了连锁店。他找到了适合自己的路子，把失败化作了成功。

有时候，我们对待生活中的得与失，会持一种绝对的态度：好就要绝对的好，因此贪心和不知足；坏就是绝对的坏，一点小挫折便觉承受不起，灰心与抱怨。这都是不好的处事方式。因为生活并非如此绝对，有失必有得，有得也可能有所失。

生活经验也告诉我们，一扇门关上了，你可以去打开一扇窗，只要你不放弃努力，失去的东西，也会以另一种形式让你重新获得。就如我这位朋友，因为做木材生意不顺，尝试着去开餐馆，就尝到了成功的滋味。

人生的路若不顺利，不妨思考一下，如果是不适合自己，可以试着拐个弯，换一条路走走，如此，失败也可能走向成功。

有人说生活需要辩证法，需要学会多角度看待问题，不管是顺风顺水之时，还是遇到挫折不顺之时，都要懂得理性对待，从多维角度看待人和事，辩证地看待成功和失败，我赞同这种看法。

什么时候我们都要保持头脑清醒。遇到好事，不要大意，不要过于得意，要看到其不利的方面，避免乐极生悲。当遇到挫折不顺时，要看到希望，懂得危中有机，懂得弯道超车。有一首歌唱道："不经历风雨怎么见彩虹？"经历挫折不顺，往往能更好地认清自己，更加清楚自己的长处和短板，更好地校正自己的发展方向。人生往往就是这样，没有暗礁就激不起美丽的浪花，没有经历过挫折的痛苦，就很难体会到成功的不易和喜悦。

人生路上，有顺风就会有逆风，有成功就会有失败。顺风顺水时，要想着也许会有逆风暗礁。看到别人成功，不要一味地羡慕，甚至嫉妒，因为别人今日的顺风顺水，可能就是经历了逆风和暗礁后才成就的。身处逆境或遭遇暗礁时，也不要丧失斗志、失去信心，要看到希望，看到前途，要懂得"宝剑锋从磨砺出，梅花香自苦寒来",要记得百炼才能成钢的道理。只要你不放弃努力,现在失去的,或许明年春天来临之时就会还给你。

(原载2020年7月23日《民族日报》)

路过西安

有好几次已做好去西安的准备，但到了临出发时，又因各种原因没去成。常有朋友问我，有没有去过西安。我说不知道算不算去过西安，准确来说应该是路过西安，那年从马德里飞广州，转机在西安停留了几个小时。

既然有好几次想来西安，但又没来成，而又有缘转机路过西安，自然还是要去感受一下西安，也好在心里安慰自己，我曾来过西安。

有人说，去一座城市，要品味这座城市，首先要去吃这城市的美食。有不少朋友跟我说，西安的美食很多，而且非常有特色，比如西安羊肉泡馍、腊汁肉夹馍、肉丸胡辣汤、甑糕、饸饹面、锅盔等，但首选的当然还是羊肉泡馍，说是西安最具特色、最有影响的小吃。来西安吃的第一道美食，一定要是羊肉泡馍。说有一句俗语"不吃羊肉泡馍，不算到过西安"，就体现了羊肉泡馍的名气。路过西安，自然不可能像来西安旅游那样，在大街小巷慢悠悠地一边欣赏风景，一边去找特色小吃，去品尝美食，但既然来了西安，还是要去吃吃西安的美食，吃吃羊肉泡馍，去感受一下这座城市。

羊肉泡馍又称"羊羹"，关于牛羊肉泡馍在许多文献上都有记载，《礼记》中就曾提及牛羊肉羹。西周时曾将牛羊肉羹列为国王、诸侯的礼馔。《宋书》中说在南北朝时，毛修之因向宋武帝献羊羹，被封太官史，后又为尚书光禄大夫。羊肉泡馍也受文人墨客的青睐，宋代大诗人苏东坡就有"陇馔有熊腊，秦烹唯羊羹"的佳句。西安的朋友说牛羊肉泡馍与一般食馔不同，烹饪技术很讲究，各个环节都要求技术精湛，一丝不苟，武火急煮，适时装碗。

找了一家吃西安羊肉泡馍的店子，对服务员说："来一碗正宗的西安羊肉泡馍。"那个年轻的服务员笑着对我说："先生，您是第一次来西安吧？"我说是。她接着说："西安古称长安，是一座承载着华夏文明的城市，秦、汉、唐等13个王朝在此建都，是'世界四大古都'之一。您来我这吃，肯定是正宗的西安羊肉泡馍，作为西安人我们绝不能因为羊肉泡馍不正宗而影响西安的形象。"我在想，眼前的这姑娘虽然年纪不大，但可以看出她作为西安人的自豪，也能看出她深爱着这座城市。

很快一碗羊肉泡馍放到了我面前，热气熏蒸，香味浓郁，闻着就是一种诱惑。朋友说吃羊肉泡馍也是很有讲究的,吃法不同,吃出的味道也不一样。我自然不知道太多的吃法,只能学着旁边的人来吃,但感觉那天那碗有着浓浓古城气息的羊肉泡馍味道特美,让我现在还不时在回味。

朋友说西安是一座有味道的城市,文化底蕴浓厚的风景就在家门口,有晨钟暮鼓的钟楼鼓楼,有让人陶醉的大雁塔夜景。走在西安的每一个角落,你都能感受到文化的气息。感受一座城市的文化,除了实地观看外,我喜欢去博物馆和书店。在机场候机,自然是不能去博物馆的,就只能去书店,更何况多年来我也有一个习惯,那就是每到一个城市,都会去书店看看。

吃了羊肉泡馍后,我就去找书店。找到一家书店,书店顾客不少,大多是来候机的,拖着行李,或站着,或蹲着,手里拿着书。店里有很多关于西安方面的书籍,我在想这家店主也是个文化人,至少他懂得文化人的心理。我爱好文学,来到西安,自然也会去找陕西特别是西安作家的书籍,在书架上,看到贾平凹的一本《老西安》,赶紧看了起来。然后又看到柳青的《创业史》、陈忠实的《白鹿原》、路遥的《平凡的世界》,尽管这些书家里早已有了,也都看过,但还是各买了一本,因为我总觉得在西安买这些作家的书意义是不一样的。

来到西安,自然还会想到很多很多,会想起唐诗,会想起在这座城市生活的李白、杜甫、白居易、卢照邻、孟郊等一大批诗人,想起他们的诗歌不但丰富了大唐的风采,也描绘出了盛唐长安的繁华。卢照邻在《长安古意》中写下了长安古城里大街小巷车水马龙豪华繁荣的景象；孟郊有"春风得意马蹄疾，一日看尽长安花"的诗句，偌大一座长安城，春花无数，却被他一日看尽。

在离开西安时，特意买了不少西安的特产，想带回去给亲人朋友同事，告诉他们我来过西安这座古城，当然不知道这样算不算到过西安，但至少可以说曾经路过西安。

（原载2020年第25期《南方》杂志）

把喧闹声当成音乐

周末,朋友相邀几家人去他家玩,小朋友们在一起玩得很开心。知道朋友喜欢安静,怕影响朋友,同来的另一位朋友正要制止孩子们喧闹,没想到朋友却说:"孩子们天性好玩,就让他们玩吧,我把他们的喧闹声当成音乐来听。"

把自己讨厌的喧闹声当成音乐来听,朋友这富有人生哲理的话让我很受启发,这何尝不是一种人生智慧?

朋友相邀一起玩,是为了放松,为了开心,为了增进友谊,但如果孩子们有点喧闹,就制止甚至责骂他们,孩子们自然会不开心,大人的心情也会受到影响。孩子们甚至很有可能因此闹着要离开,大人也被迫跟着离开,一场本来开心的聚会可能就此不欢而散。而把喧闹声当成背景音乐，小孩开心，大人自在，朋友自己也会舒坦。

生活中，有些人碰到一点儿不如意，对事情有一点儿看不顺眼，心情立即就变得很焦虑，很烦躁，更有甚者直接与他人争吵起来。其实，快乐是一种心态，是一种选择。很多事情往往都是一分为二的，既有快乐的成分，也有不快乐的成分，我们选择快乐的成分，就能让我们快乐起来；若选择不快乐的成分，也许就此让我们的心情变得烦躁和焦虑。人生若不懂豁达地自寻快乐，总是聚焦和放大那些不快乐的成分，幸福感必然大打折扣。

许多时候，我们会碰到一些问题，由于受方方面面因素的影响，我们可能改变不了环境，事情也并没有按照我们原来的计划顺利进行。如果我们无力改变环境，那么为什么不去调整自己的心态来适应环境呢？我们可以像那位朋友那样，即使是喧闹声，也当成音乐来听，不受外界干扰，专注于自己要做的事情。如果我们不调整心态，不控制情绪，不选择快乐，那么很可能会让我们的心情烦躁焦虑，让事情朝着更加不好的方向发展，甚至把事情办砸。

人生不如意事常八九，当我们学会把喧闹声当成音乐来听，我们的生活就会变得更加快乐。

（原载2021年4月29日《广州日报》）

含泪的微笑

当我坐在一间宽敞明亮的办公室里,心情舒畅地望着窗外明媚的阳光,在电脑上敲出这篇文章时,心里有说不出的激动。一种不听话的热乎乎的东西从眼里滚了出来,是泪。这泪中含有生活的艰辛,更充满了人生的微笑。

我是从一个山窝窝里爬出来的。父母是老实巴交的农民,靠力气在那块贫瘠的土地上长年累月刨来刨去,到头来却刨不出几个钱。由于家里穷,我从小就很懂事,每天一放学回家就放牛、砍柴。为了攒学费,我还常常利用节假日去山里挖药材、拾菌子,然后拿到街市上卖。

我读书非常刻苦,每学期总能拿回两张奖状,期中一张,期末一张。我的奖状贴满了我家小木屋饭屋里的那面墙。家里来了人，看到这一墙的奖状，都会夸奖。我村小那个教过祖孙三代的唯一的教师刘老师也常跟人说我将来一定会考上大学。此时，父母脸上总会写满喜悦。

父母咬着牙，让我上了高中。高三那年，哥哥妹妹都在读书，家里实在拿不出钱供我们上学了，听村里人说，在建筑工地上做事很赚钱。经过两天的思考，我决定去沿海打工给自己赚学费。我清晰地记得，那天晚上，我说出要出去打工的话时，父亲很吃惊，但当我告诉父亲出去打工的目的是赚学费，将来回来考大学时，父亲的眼里噙满了泪水。他哽咽地说："崽，你不是孬种，有志气，是我没能力，要不然你也不要出去打工。崽，你一个人出去，一定要注意身体，要记得按时吃饭，不要太累了，家里有办法了，你就回来读书。""爸，我都18岁了，您不要担心，我会照顾好自己的。"说这些时，我泪珠一串串地掉下来。那晚，我们谈到深夜。

我怀揣着父亲说了很多好话从亲戚那里借来的路费，跟着一位小学都没毕业的同学挤上了去沿海打工的绿皮火车。

在工地上，我与老乡们住在简易的工棚里。我每天和灰、筛沙、挑砖头、扛水泥，甚至打混凝土、抬预制板。幸好我从小就干农活，能够下力气。为了多赚点钱，我经常加班。长期的劳累，让我的手上长满了血疱。尽管如此，每天晚上，累得筋疲力尽的我依然坚持在老乡们打扑克、玩麻将的吆喝声里看书——纵然时常遭到一些人的讥讽，说我做不切实际的梦。

后来，我又去了一家鞋厂打工。在鞋厂，我从流水线干到领班，再到车间主任，月薪也从几百元提到两千多元。然而上大学一直是我心灵上空不落的太阳、不灭的理想。干了差不多一年的时间，我把辞职书交给了部门经理。

在那个让人留恋的秋天，我回到家乡，再次走进了校园，开始了我的补习生活。在补习班里，我近乎疯狂地学习，班主任都担心我是否吃得消。有耕耘，就有收获。我终于以优异的成绩走进了大学校园。接到通知书的那天晚上，祝福、羡慕、夸奖塞满了我家洋溢着吉祥和喜气的两层小木屋。那一夜，我和父亲喝着自家酿的米酒，大醉。

一进大学，我便开始到处寻找勤工俭学的机会。大学四年里，我贩过小电器、袜子、鞋垫等小物品，摆过地摊，被城管逮过。

再后来，课余时间我又为一位啤酒商送货。一天下午，天下着蒙蒙细雨，我骑着三轮车去送货。在一次拐弯时，由于啤酒装得太多，车子刹车又不太灵，我没能刹住，车猛地撞在一棵树上，我连人带车摔了个四脚朝天。爬起来后，我第一个念头就是啤酒摔坏没有。我顺利地把货送完，才发觉腿隐隐作痛，一看才发现已经青了两块。有时晚上送货回来已是深夜，看到同伴们睡得那么香甜，我的失落感油然而生。

干了两个月后，啤酒商在市里的晚报上看到了我写的一篇散文。他很有些怀疑地问我，文章是不是我写的。当我把文章的原稿交给他时，他脸上露出了微笑，说愿意付我双倍工资，并请我教他儿子写作文，还为我找了另一份家教。

工作和学习之余,我把别人看电影、打老K、遛马路的时间都用来写作、采访。就这样,大学期间我先后在市级以上报刊发表新闻、文学作品近百篇。从大三第二学期开始,我的稿费已能保证我的生活所需。

毕业时,我凭着过硬的专业技能和在报刊上发表的近百篇文章,赢得了众多单位的青睐,并最终走上了一个市级机关办公室文秘的岗位。

回想过去这一切,我深深体会到,生活需要坚强,即使含着泪水,只要毅力不倒,微笑一定会向你走来!

(原载2020年4月23日《科教新报》)

饼是故乡醇

秋风乍起,中秋将至。看到超市里琳琅满目的月饼,闻着诱人的香味,我不由得想起了儿时的温馨时光:在湘西老家,一家人坐在门前的老梨树下,观赏着遥远天穹悬挂的那圆圆的、饱满的、大放光明的中秋之月,拉着家常,一起吃家乡特产麻子月饼。

记忆中,孩提时的我们很是盼望过中秋。因为这一天我们能吃到麻子月饼,还能吃到比较丰盛的晚餐。中秋之夜,孩子们即使犯点小错误,大人大多也是不会责备的。

中秋之夜,月亮又圆又亮,月光似水,月色如华。如此良宵美景,也很自然会勾起人们有关于月亮的种种传说和神话故事。此时,大人们常常会给我们讲嫦娥奔月、唐明皇游月宫等故事，同样的故事每年都讲，都能背出来了，但我们百听不厌，每次都听得津津有味。

无月饼，不中秋。小时候，尽管家里穷，但中秋节，父母总会想办法去乡供销社买一个麻子月饼给我们解馋。皎洁的月光下，母亲把麻子月饼分成很多块，然后分发给我们。我们拿到月饼后就迫不及待地往嘴里送，感觉味道特别香甜，如碰上月饼里有冰糖粒的，就特意嚼得嘎嘣响，让旁边的兄弟姐妹好是羡慕。与家人赏月吃月饼的情景，现在想起来，还回味无穷。

麻子月饼是家乡的特产。麻子月饼对皮、酥、馅的要求甚高。馅分很多种，比如果仁馅、花生芝麻馅、五仁馅、肉馅、冰糖馅、蛋黄馅……麻子月饼每个半斤左右，当然也有一斤的，甚至更大，味道甜而不腻，薄脆可口，是家乡最具地方特色的名点之一。

关于麻子月饼还有一个古老的传说。话说有一位穷书生要进京赶考，因为盘缠不够，他母亲担心书生路途中挨饿，于是就找来家中仅有的食材，做成圆圆的"妈子饼"，让其带着在途中充饥，当然也寄语希望孩子一路圆圆满满，赶考高中。后来"妈子饼"在家乡流传起来，也因为"妈子饼"布满芝麻，念着也顺口，就变成了"麻子月饼"，流传至今。

我读小学四年级的时候，那年中秋，家里实在拿不出钱去买月饼。知道家里没有买月饼，那天我特别难过。但中秋晚上，邻居彭大伯把他家仅有的一个麻子月饼分了一半给我们。那天晚上吃着彭大伯送给我们的月饼，我觉得特别香，也在心里暗暗告诉自己，将来长大了一定要好好报答彭大伯。

半个月饼在今天也许真算不了什么，但在当时物资缺乏贫困的年代，邻居把家里仅有的一个月饼分一半给我们，真是难为他了。参加工作后，回乡下老家看望父母，我常会去彭大伯家坐坐，也常会给他带点城里的特产。记得几年前，母亲告诉我彭大伯因病去世，听到这个消息，我伤心了很久。

关于家乡的麻子月饼，我又想起去年在西班牙马德里与一位华侨交谈的故事。这位华侨是我老家隔壁乡的，他得知我来到西班牙，特意到我住的宾馆来找我，与我聊了很久。

他说他到马德里已经20多年了，在那里他有自己的房子，有自己的商店，有自己的朋友圈，也习惯了那里的气候水土、生活风俗，熟悉了那里的风土人情，潜意识里也已把那里当成了自己的第二故乡。但随着年龄的增长，思乡之情愈来愈浓，只要有家乡人来马德里，他知道了都会来见一见，聊一聊。

有位作家说："每个人的心里，都有一方魂牵梦绕的土地。得意时想到它，失意时想到它。逢年逢节，触景生情，随时随地想到它。"这就是故乡情结。这位华侨每年中秋前夕，都会委托在老家的亲戚朋友给他寄家乡的麻子月饼来。每次吃到家乡的麻子月饼，就会想起在家乡与家人吃月饼赏月的情景，就如同回到了久违的家乡。

月是故乡明，饼是故乡醇。闻到满街飘来的月饼香，关于麻子月饼的故事也一个个浮现在我的脑海，透着浓浓的乡愁。

（原载2020年9月30日《羊城晚报》）

买而不用的浪费

朋友说,她每次遇到商场打折,看到别人在抢购,就不管自己是否真正需要,一定会满心欢喜地买一大堆东西回来,结果却是放在家里,很长一段时间,衣服没穿过,商品没用过,很可能还是全新的,为了腾空间,就扔了。

我在想,为什么会出现这种买而不用的浪费?一个重要的原因就是想着价格低,跟风,贪点小便宜,于是不加思考,就来了个买买买,结果却没想到,买回的这些东西,表面上看,价格确实要比平时买便宜很多,却不是自己真正需要的,放在家里用不上,变成了买而不用的浪费。

因为打折,因为降价,就把一堆不是自己真正需要的,甚至用不上的东西买回家，即使再便宜，也是浪费，并且买得越多，浪费越大。

线下这样，线上又何尝不是这样？在一些平台，看到促销活动，商品打折，于是乎也不管是否是自己的真正所需，就在手机上拼命地抢，甚至熬夜不睡，也要抢，结果却是浪费了时间，浪费了钱，东西用不上。

这又使我想起了买菜的故事。家里已经买了菜，无须再买，但路过菜摊，看到促销，觉得菜比平时便宜很多，就不管三七二十一把它买了回来，放在那里，却吃不了。时间一长，菜坏了，只能扔掉，不但没有占到便宜，还白白浪费了钱，浪费了力气。

生活中不清楚自己真正所需，盲目跟风贪便宜，不需要的浪费事例还有很多。我有一位朋友没什么时间去健身，一个月也就去一两次，但他看到一家健身房办年卡打折，他也没有考虑自己的真正所需，就办一张打折年卡，结果一年到头没去过几次。这张打了折的年卡，平均下来每次的价格，比单次买的价格还要高得多。如果这位朋友，能考虑到自己的真正所需，想着自己没时间去锻炼，想着平均下来的价格比单次买还要贵，我想朋友也就不会去办这打折年卡，也就不会来一个买而不用的浪费了。

弄清楚自己的真正所需，才做决定，再去行动，也许生活中就会少了很多这种买而不用的浪费。因为盲目跟风，贪图所谓的一点点小便宜，结果很可能就是得不偿失，不是你真正需要的，即使再打折，再便宜，也没有用，甚至买得越多，浪费越大。

（原载2021年9月17日《今晚报》）

掬水月在手

一位朋友打来电话，向我说起一件事情，他抱怨说太难了，没法干。我对朋友说，你都还没去试试，怎么就下结论说没法干呢？在我的鼓励下，朋友决定去努力尝试一下。后来，他告诉我事情办成了，并没有之前想象的那么难。

很多时候，一些事情干不成，不是真的因为事情太难干不了，而是因为我们有畏难的心理，不敢去尝试。或者是我们缺乏足够的自信，还没做，就先为自己设了限，认为肯定白费力气。其实，有不少事情从客观上讲似乎到了山穷水尽、不可能做到的境界，但实践时往往主观一努力，奋力一搏，又峰回路转，柳暗花明。办法总比问题多，这种说法是有道理的。

做事情最遗憾的不是没做成，而是还没有着手去干，精神先于我们的身躯垮了下来，轻言放弃，如此将一无所获，连失败的教训也没得到。

有句话叫掬水月在手，讲的是这样一个道理：高挂在天空的月亮，在常人眼里，凭着自己的力量是难以采摘的，但如果我们开启智慧，掬一捧水，月亮美丽的脸就能笑在我们的掌心。

人生在世，总会面对困难，总会面对似乎不可能做成的事情，我们要敢于尝试，不要还没做就有畏难情绪，没开始就先退缩。然后，我们要发挥聪明才智，努力寻找解决问题的方法，也许事情并没有想象的那么难，也许很快就有转机。

生活往往就是这样，总要试着去解决问题，自我努力也好，找人帮忙也罢，不要逃避与抱怨。有时候，伸出手就能挽救一条生命，伸出手就是另外一个结果。我们认为不可能的事情，伸出手就有了可能性。如果我们不能克服畏难心理，不能克服对失败的害怕，总是不敢去尝试，不敢去伸手解决，结果只会让机会白白溜走。

掬水月在手，敢于掬水，敢于尝试，月亮的脸才会笑在掌心。

（原载2021年3月29日《信阳晚报》）

用好你的善意

生活中，我们可能会遇到这样的事：言行是出于一片善意、一番好心，也想收获好的结果，然而事与愿违，我们的善意好心不但没有让对方接受，反而使对方发生误解，拒绝帮助，甚至还把好好的关系弄僵。

之所以出现这种情况，原因很可能是多方面的，也许恰好对方当时心情不好，也许彼此原来就有心结还没解开，还有一个重要的原因，就是我们没有掌握好时机和方法，没有用好我们的善意。

在人际交往中，我们往往认为只要是出于善意，出于好心，只要是为对方着想，对方就一定会理解，就会接受我们的帮助，而没有认真考虑我们说话做事的方式是否对路，时机是否合适，甚至还会有意无意间摆出一副高高在上的架子，伤了对方的自尊心。对细节的忽视，让我们的善意好心引起了对方的反感和抵触，而我们又为好心没好报而委屈，这实在是一种遗憾。

那么，我们的善意要怎样才能取得应有的效果呢？

我认为，首先要有受众思维，我们的言行要多从对方的角度考虑，比如时机是否适合，善意会不会成为对方的负担，用什么方式对方更容易接受，不能只想着出于善意，就忽视文明礼仪，在言语上少了应有的分寸和温暖，在细节考虑上欠缺仔细周全。

其次帮助别人要真诚，态度要春风化雨，言语不傲慢。诚恳谦和的态度可以消除戒心，让他人真切感受到你的善意。

当然，作为受众，也要用善意去理解对方的善意，如果总是带着怀疑的眼光看待他人，即使他人有善意，都可能引起你的无端猜疑，从而失去得到帮助的机会。只有用善意去理解善意，才能真正感受到善意。

用好善意是一种生活艺术，更是一种生活智慧。

（原载2021年11月25日《广州日报》）

晒太阳

周末，天气很好，高朗的天空，灿烂的阳光，温柔的清风。透明的蓝天像一张丝手帕，一缕薄薄的纤云在天空中快活地游来游去，仿佛是装扮天海的花朵。

南国的冬天，不像白雪覆盖的北方，不但树木不落叶，而且繁花似锦，一派欣欣向荣的景色。但毕竟已是冬天，气温还是有下降，这也才让我感觉到已是过了小雪的冬天。

朋友相邀去郊外玩，看了一会儿宜人的风景后，与朋友一起躺在草地上晒太阳。

我喜欢在冬天晒太阳。记得小时候，在大山深处的老家，冬天很冷，乡亲们也很喜欢晒太阳。碰上晴日，农活也忙完了，门前的晒谷坪里、篱笆旁、田埂边、山坡上……三三两两，成群结队，男女老少都出来晒太阳。女人们聊着八卦，东家长，西家短，谁家小孩有出息，谁家儿子要结婚、女儿要出嫁什么的，手头却还干着针线活；男人们抽着旱烟，吹着牛，高谈阔论，谈笑风生，什么陈芝麻烂谷子的事都翻出来说；小孩子们在一旁嬉笑玩乐，老人们含饴弄孙；有时候，邻居张叔叔一高兴，脱下外衣，还与刘姨来了一段别腔跑调的《刘海砍樵》；留下来过冬的鸟儿似乎也要来凑热闹，一会儿飞下来啄食，一会儿又飞上树梢追逐嬉闹。他们似乎都沐浴在融融的冬日暖阳里……

冬天，在大山里砍完柴，或干完父母交办的农活后，我常会和哥哥找一个向阳的山坡，躺着晒太阳。暖暖的阳光晒在身上，再一点点渗进肌肤，晒得满脸红通通的，晒得全身热乎乎的，舒畅无比。有时候被暖暖的阳光催眠了，有了睡意，还会美美地睡上一觉，直到啄食的小鸟或是路过的乡亲，才把我们惊醒。

冬天晒太阳，古人称之为负暄。自古以来，文人墨客对在冬天晒太阳就尤为钟爱，也留下了很多名篇佳作。唐代大诗人杜甫沐浴冬日后，就曾写下《西阁曝日》，留下"凛冽倦玄冬，负暄嗜飞阁。……毛发具自和，肌肤潜沃若。太阳信深仁，衰气欻有托。欹倾烦注眼，容易收病脚"的诗句。白居易也喜欢在冬日里晒太阳，留下"杲杲冬日光，明暖真可爱"的佳句，在《负冬日》中写道："杲杲冬日出，照我屋南隅。负暄闭目坐，和气生肌肤。初似饮醇醪，又如蛰者苏。外融百骸畅，中适一念无。旷然忘所在，心与虚空俱。"杜甫和白居易都认为冬天晒太阳既可

生活需要诗意 | 237

御寒，更能治病。宋代周邦彦也留有《曝日》："冬曦如村酿，奇温止须臾。行行正须此，恋恋忽已无。"南宋词人周密更是把自家的小阁起名为"献日阁"。到了现当代，也有不少关于冬天晒太阳的名篇佳作，散文名家张晓风就在《我喜欢》里说："我喜欢冬天的阳光，在迷茫的晨雾中展开。我喜欢那份宁静淡远，我喜欢那没有喧哗的光和热。"

父亲喜欢晒太阳，他说晒太阳可以补骨头，补阳气，是冬天不花钱的养生妙招。那年回乡下老家过年，一边陪父亲晒太阳，尽情沐浴着冬日里阳光的暖意，一边与父亲聊起家族的故事，聊起难忘的童年，聊起儿时父亲给我讲的一个个励志的故事，聊起父亲教我唱的那首童谣……也聊起了人生。父亲说，人生路上，有顺境，难免也会有逆境，但不管是顺境还是逆境，心中要始终充满阳光，就像这冬日里的暖阳，就会明媚如春。

冬日午后，阳光洒进书房，柔柔地映照在我身上，暖意融融……

（原载2021年12月9日《羊城晚报》）

按自己的节奏去跑

周末在公园晨练,休息时碰到一位朋友,闲聊起来。朋友说坚持跑步已经20多年了,每次都按自己的实际情况设定一个目标,跑步时从不与别人比,一同跑的人超过了自己,或者落后于自己,他都不在意,坚持按照自己的节奏去跑。

朋友解释说,不与一同跑的人去比较快慢,是因为自己跑步是为了强身健体,而不是与他人比赛争输赢,实现设定的目标即可。所以,别人超过或落后自己,都不会影响心态,久而久之,整个人都变得不急不躁。

我觉得朋友的话很有哲理。每个跑步的人,情况都不一样,如果盲目与别人较劲,别人超过你时,你会着急,不顾体力，拼命追赶，而没有考虑到别人或许是在练短跑，正在冲刺，而你是在长跑，你在追赶中弄得体力透支，反而为实现设定的目标带来难度。另外，当有人落后于你时，也不要沾沾自喜，或许是因为别人已经跑了很长一段路，慢下来是为了休息一下，而你要跑的路还远着呢。所以，跑步锻炼时，你需要考虑的是怎样去实现自己设定的目标，以怎样的速度、怎样的节奏去实现这个目标。

跑步如此，人生又何尝不是这样呢？按自己的节奏生活，至少有两个好处：实现目标和保持良好心态。

生活中，每个人的情况是不一样的，成长的路径也有不同。漫漫人生路，有的人也许前面成长得快一点，后面却慢下来，有的人前面慢一点，后面又快起来，也许走得快的最终不如走得稳的，所以，我们没有必要在比来比去中焦躁，不必纠结于一时的快慢得失。人生不是与他人比赛，是与自己比赛，我们要关注的是有没有比昨天的自己进步，是不是在一天天接近自己的目标。如此，就不会看到别人走得快，心里就不高兴，想方设法不顾自身情况去追赶，乱了自己前进的节奏，结果往往是越想赢，越易败。

别人一时成长得比你快，我们不用羡慕嫉妒恨，不要不开心，也不要妄自菲薄；别人一时比你慢，也不要嘲笑，不要看不起别人，更不要因自满而慢下自己的步伐。别人的快慢，其实与你的人生并没有太大的关系，总是与别人比，容易忘了初衷，迷失了自我。

生活中，少与别人争一时的输赢，设立合适自己的目标，确定自己的节奏，尽心尽力，尽职尽责，让自己每天都在进步。当你的目标一个个实现，你的人生也就变得越来越美好。

（原载2021年11月16日《广州日报》，被光明网等转载）

学学"近视眼"

周末,与几位亲戚聊起如何经营家庭时,一位长者说,要学"近视眼",听到这话我顿感好奇,赶紧问其原因。她说在经营家庭生活时,不要把一些事情看得太清楚,这样自然会减少很多矛盾,增进家庭关系和谐。

这位长者的话,我听后很受启发。在家庭生活中,很多时候之所以出现矛盾,其中一个重要原因,就是因为我们把事情看得太清楚,太明白,然后迫不及待地指出来,甚至是指责批评。比如,妻子上街买了一件衣服回来,自己穿着很高兴,很满意,但你看到衣服上一点点瑕疵,立即向妻子指出,并说这件衣服不好,不值得买,结果她美美的心情立即变得不开心了，更有甚者还可能因为这事情引发夫妻之间的口角。事实上一件衣服有点瑕疵，这很正常，只要她自己很满意，很开心，完全没有必要用"望远镜""放大镜"去看。

现实生活中，像上面这位丈夫那样做的还真不少。早上起来漱口，丈夫挤牙膏时从中间挤了一下，妻子立即看不顺眼，马上呵斥。类似这样的小矛盾越来越多，量的积累达到质的变化，不但造成家庭关系的不和谐，甚至还可能造成家庭破裂。我在想，挤牙膏从尾部往上挤，还是从中间挤，这不是什么原则性的问题，类似这种无伤大雅的小事情，不妨学学"近视眼"，无须太计较。

经营家庭生活要学会"近视眼"，现实生活中，我们在处理人际关系时，又何尝不是这样呢？每个人因为性格、爱好、阅历、生活习惯背景不同，看待问题，处事方式也可能会不同，也不可能要求别人按照你的标准来生活。这时候，我们就要学"近视眼"，只要不是原则性的问题，不影响社会风气，不影响别人，无须太在意。当然，如果是原则性问题，影响社会风气的问题，该指出的一定要指出，该禁止的一定要禁止。

在生活中，学"近视眼"其实还有另外一个好处，就是别人对你的态度你也不用看得太清楚，不用处处想着别人的评价，不会因为别人不经意的一个眼神，一句话而影响心情，能更好地做自己。

学"近视眼"是生活艺术，更是生活智慧。

（原载2021年11月22日《广州日报》）

吃饭须辣椒

下班回家,收到母亲从老家寄来的快递,打开一看,是母亲寄来的一大袋干白辣椒。

母亲知道我喜欢吃辣椒,于是在我家的菜园里种了很多辣椒,精心培植,辣椒挂满辣椒树时,挑出一个个最好的,选个天气好的日子,将辣椒晒成好看又好吃的白辣椒,待到赶集日子,特意从镇上给我寄了过来。

看到我提着这么一大袋白辣椒,一位从小就在羊城生活的邻居带着惊讶的眼神对我说:"这么多辣椒,你就不怕吃了上火吗?"

听了邻居的话,我带着调侃的语气微笑着说:"不怕,因为我的血液是辣的。"

邻居听后伸出大拇指，对我点赞道："你来广州都这么多年了，还这么能吃辣，真是佩服佩服。"

与邻居的一番对话，也打开了我的思绪，让我不由得想起一个个关于辣椒的故事。

我是在湘西的一座大山里长大的，记忆中的老家，似乎男女老少都特能吃辣，凡是吃的东西也似乎都与辣椒沾点边，人们宁可不吃肉，不可不吃辣。记得小时候，如果哪家有一天餐桌上没辣椒，或许家里就有人说这饭吃得没味道，于是乎将白开水倒进一个土瓷碗里，然后放进红辣椒粉，加点盐，一搅拌，立即做成一个辣菜，本来吃起来没味道的一顿饭，也许立刻就变得香辣味十足了，顿感这饭也吃得很爽，吃得十分带劲，不到一会儿，几碗米饭哗啦哗啦下肚了，也由此可见，在我老家，乡亲们对辣椒的痴迷程度。

也许是因为从小就养成了吃辣的习惯，吃饭时如果没有辣椒，我也总会觉得这顿饭是没什么滋味的，总觉得吃得不够爽，吃得不够带劲。但一有了辣椒，就是没有其他菜，就这一个辣椒菜，我也能吃上几碗饭。有时候，我甚至在想，这世间似乎只有辣椒才是最能诱惑我舌尖味蕾的东西。

据传辣椒原来是产于美洲安第斯高原的，到了16世纪末才传入中国。明代高濂在《遵生八笺》说："番椒丛生，白花，果俨似秃笔头，味辣色红，甚可观。"这说明起初辣椒是被当作观赏性植物来进行栽培的，是没有用来食用的。我心里曾一直有一个疑问，我们村里是什么时候开始食用辣椒的？带着问题，我曾问过村子里的老人，他们也说不太清楚，说据祖辈们说，大概是明嘉靖年间，在我老家已经开始吃辣，到了清代吃辣椒就很普遍。关于吃辣椒在我们村子里流传开来，这点与后来我看了《清稗类钞》的记载似乎是吻合的，因为记载里说到了清末湖南、湖北人食辣已经成性，连汤都要放辣椒。

羊城是美食之城，俗有"食在广州"的美誉。这座城市的美食，食材新鲜，烹饪精到，色香味俱全，各种特色美味应有尽有。我喜欢这座城市，喜欢这里的气候，喜欢树木不落叶、到处繁花似锦的冬天。当然我也喜欢这里的美食，让我感受到"食在广州"是真正的名副其实。

我来羊城工作生活已经很多年了，但我却还一直保持着吃辣的习惯，在家里，也经常做剁辣椒、酸辣椒、白辣椒、擂辣椒、泡椒等各种辣菜，每次吃起辣来，那种辣得大汗淋漓、张口吐气的感觉似乎也特别好，每次吃了很爽的辣菜后，都会让我回味很久。每当有朋友来我家玩，看到我家桌上的这些辣菜，也大多能猜出我是哪里人，吃辣也似乎成了我老家的一个符号。

在羊城，周末或者节假日，我偶尔也会与朋友相邀小聚，也偶有外地的朋友来到羊城出差，顺便来与我见面叙旧。我会在家附近找一个大众化的酒楼，找个靠街的位置坐下，点几碟精美的小菜点心，比如双皮奶、姜撞奶、凤爪、榴莲酥、烧卖、虾饺、蒸排骨、肠粉……与朋友边吃边聊，边欣赏这座城市的风景和车来人往，感受这座城市独特的饮食文化。当然，我偶尔也会去吃潮汕菜、顺德菜，以及外地的特色美食，比如陕西羊肉泡馍、武汉热干面、北京烤鸭、台湾盐酥鸡，有时还会去尝尝日本料理、韩国泡菜……但很多时候，在点菜时，眼睛看着菜单，脑子却老是在开小差，总想着老家那些漂着红红辣椒油、热辣爽口的辣椒菜，想着如果菜单上有，那我一定会点一份来解解馋。在我的观念里，总认为辣才是菜肴真正的灵魂，一顿饭只有吃得辣味扑鼻，吃得大汗淋漓，那才是真正吃饭的享受。

  关于辣椒，我还想起一个很多年前的故事。那时我还在湘西南的一座城市里生活。一次我和朋友去一山旮旯里玩，看到一村民在路边卖干白辣椒，也许是从小就喜欢吃白辣椒的缘故，我忍不住在他那买了5斤干白辣椒，但因当时没开车，山村附近也没快递，加之我们还要去另外的地方，带着也不方便，于是我给了那村民200元钱，写了一个地址，请他寄给我。离开村庄后，朋友说："他拿了钱不给你寄怎么办？"听了这话后，我也曾有点担心，然而意想不到的是，我回来后，那村民给我寄的快递竟先到了，干白辣椒包装得很好，分量也很足，快递里还留有一纸条，说感谢我买了那么多白辣椒，感谢我对他的信任，他当天下午就骑了20多里路去镇上给我寄了，还留了他电话，说有什么不满意随时找他，后来我与这位村民成了朋友，我也常买他的干白辣椒……

  静夜清晨，坐在书桌前，我快速敲下这些文字，脑海又浮现了母亲给我寄来的那一大袋白辣椒,让我想起那一个个关于辣椒的故事,想起了很多关于辣的美味,火辣辣的剁椒鱼头、干红辣椒炒大片腊肉……

(原载2021年11月13日《南方农村报》)

笑着迎接每一天

XIAO ZHE
YING JIE MEI YI TIAN

看 云

国庆长假，与朋友去郊区玩，躺在草地上，仰望蓝天，天空格外明朗，空气特别清新，一阵醉人的微风吹过，似有秋天的一丝凉意。南国的秋天自然不像北方那样秋意浓浓，但这微风却也让我感受到秋天已至，看着一望无际的天海，白云似鱼儿在洁净的天海里悠游，让人心旷神怡，恍如自己也变成了一朵云。

我是在大山里长大的，从小就喜欢看云，喜欢静静地躺在山里满眼嫩绿的草地上，看着蓝天上的白云舒卷自如，变化万端，从这峰飞向那峰；喜欢秋日的傍晚搬出一把小板凳坐在门前的晒谷坪里，看那变化莫测、摄人心魄的晚霞；也喜欢倚在还散发着淡淡桐油清香味的木屋柱子旁，看雨后绚烂的彩虹；放学回家路上，看到美丽的云彩，还喜欢与小伙伴们一路嬉闹着，追着云朵跑。记忆中的儿时，云也是美好而遥远的诱惑，云烟萦绕，如同仙境，脑海里的那些美丽童话，有不少也与云彩有关……

因为喜欢看云，乘飞机时我常会选靠窗的位置。我清晰地记得第一次乘飞机，那是由长沙飞成都，透过机窗向外望，一望无边的厚厚云海，光白如棉的浓云一朵紧挤着一朵，我在想，这云朵似乎比新摘的棉花更轻柔，更暖和，我有一种想跳下去的感觉，想跳进云海，躺在里面，紧紧地抱着它，美美睡上一觉，做一个甜甜的梦，一定会特别舒服，特别美好。

我书柜里收藏着一本《云彩收集者手册》，这是一位与我一样喜欢看云的朋友送给我的。朋友说知道我喜欢看云，在书店看到这书，就买了两本，一本留给自己，一本寄给我。书中介绍了46种云彩和大气光学现象，收录了全世界云彩爱好者拍摄的百余幅精彩摄影作品，讲述了云彩的名称、特征、形成原因，鉴别云的种类。这书我时常拿出来看，每次看时，我就会想起那位朋友，尽管朋友在东北的齐齐哈尔工作，与在羊城生活的我相距遥远，一年也难得见上一面，但每次看这书时，那浓浓的友情就会溢满心头，让我想起和朋友在一起的点点滴滴，想起那美好而让人难忘的记忆。

自古以来，云就很受文人墨客青睐，也留下很多名篇佳句。南北朝时陶弘景就有"山中何所有，岭上多白云。只可自怡悦，不堪持赠君"的诗篇。唐代诗人王维的"行到水穷处，坐看云起时"更是名句,在轻松愉悦欣赏大自然中,让人领悟到宽广深远的人生境界,即使身处逆境也不要失望,因为那正是希望的开始。宋代诗人陈与义乘着小船出游,躺在船上看云,也留下了"卧看满天云不动,不知云与我俱东"的佳句。明代思想家洪应明的"宠辱不惊,看庭前花开花落;去留无意,望天上云卷云舒"那更是广为流传。到了现当代,也有很多关于看云的名篇佳句,沈从文先生的《云南看云》就是名篇。

有人说,看到美丽云彩,也是件极具偶然的事件,常常可遇不可求,然而也许就是一次偶然的邂逅,美景就刻进了你脑海,让你久久不能忘怀。有一次看云,我记忆就特别深刻,那是很多年前,在从拉萨去日喀则的路上,在这世界屋脊上,我看到了特别漂亮的云景,那天不知是天变得更高,更辽阔,还是云更低,更走近眼前,天高云低,一大朵一大朵彩云,变幻着奇异的光彩,万千状态,无奇不有,真是美到极致,美得令人晕眩、叫人窒息,让我仿佛置身仙境,以至于直到今天,我都很难用言语来形容那种美,因为觉得再好的描写也难以达到那种美的效果。很多年过去了,我却一直想着那天的美丽云景,也很多次想买一张机票,飞去西藏,看能否再遇上那美丽的云景。

关于看云,还有一次我记忆也很深。那是几年前,一个偶然的机会,我去了希腊雅典,一位侨居雅典的朋友来看我,我们坐在草地上一边聊天,一边看天上的美丽云彩,因为在异国他乡,又是多年未见,我们聊了很久,感觉那天的云也特别漂亮,云朵将天空装扮成一幅极富魅力的图画,当我正沉浸在美景之中时，朋友却嘱托我，要我回国后多拍些家乡美丽的云彩发给他。他说离开家乡愈久，随着年岁的增长，思乡之情也愈来愈浓，特别是一个人的时候，就会不由自主地想起家乡的山山水水，一草一木，自然也包括家乡那美丽的云彩。回国后，我特意拍了不少家乡美丽的云彩，精心挑选后，发给了他，朋友收到后，特别高兴，给我发来长长的信息，说这是他收到的最好礼物，在异国他乡看到家乡美丽的云彩，让他想起很多在家乡生活时的人和事，记起一个个已经久远的在故乡看云的故事，让他仿佛回到万里之遥的故乡。

看云是我的一种爱好。我也时常在想，这种爱好或许永远也不会改变，因为对我来说，看云是令人快乐的事情，是令人陶醉的事情。

（原载2021年10月12日《羊城晚报》，被《文萃报》等转载）

山乡巨变

在我的记忆中，上高中之前，村里是不通电的，人们照明用的是家家户户自制的煤油灯。那时到乡供销社买煤油是要凭票的，没买到煤油的人家也有点松油的，有的人家为省油，如果有月亮，就借助月光在院子里干活。

我家的煤油灯是父亲用一个罐头瓶和几根小铁丝做成的。在煤油灯下，我们兄妹借着微弱的灯光，做老师布置的家庭作业或看借来的《西游记》《三国演义》《水浒传》……父母借着灯光忙着各自的活儿。有时，全家人各自的事忙完了，我们兄妹几个也会在昏暗的灯光下，听父母讲故事，讲家族的历史，讲怎样做人与处事，讲生活的艰辛和幸福。

直到初中毕业，我家只接过一次电话，那是小学五年级的时候，一个远方亲戚从县城打来的。那天，我和哥哥正同父母在地里流着汗干活，村主任的老婆在对面山头喊我父亲的名字，要他一个小时后去村主任家接电话。大山里，山路崎岖，俗话说"看见屋，走到哭"，我和父亲走了3里多地去村主任家。摆在村主任家的这部黑色有摇手柄的电话机是村里唯一的电话机，乡亲们打电话接电话都得来这里，并且都要通过乡邮电所转。乡亲们来接电话，对方一般都得打两次，第一次村主任家约好乡亲们接电话的时间，第二次打来时乡亲们才去接。那时，乡亲们很少接电话，也很少打电话。这部村里唯一的电话机，在村主任家也是像宝贝似的，只有村主任和他老婆可以接打电话，家里其他人是没有这个权限的。

我读高一的那年，村子通了电，记得通电的那天，家家户户高兴得像过年似的。读高三那年，我们村里有了程控电话。我叔叔家安装了一台程控电话，比现在修了一栋"小洋楼"更自豪。读大二时，邻村通了公路，乡亲们很高兴，说到乡里赶集只要走五六里路就可以坐车了。大学毕业时，村里通了公路，再后来，硬化公路也通到了家门口。

前不久，我回了趟乡下老家。从广州坐高铁，然后走高速公路，回到家才4个多小时。父亲感慨地说："记得以前，我们去广州，要先花一天的时间赶到县城，再坐十多个小时绿皮火车才能到，现在交通真是太方便了。"

在老家，陪父母和乡亲们聊天，父亲说现在乡亲们人手一部手机，一个家庭都有好几部手机，还说现在村里也有网线了，很多乡亲用上了Wi-Fi，学会了用微信。他举了个例子，堂哥在山里放牛，堂嫂要他回家吃饭，以前是站在山头喊，后来是用手机打电话，现在变成微信语音了。母亲接着说，以前我们点煤油灯，连煤油都很难买到，现在村里大多数的乡亲家都有彩电、冰箱、洗衣机、DVD、打米机了，不少家庭还买了小车。邻居张大爷也兴奋地说，以前村子里高中生都没几个，现在大学生都很多了，有的还读硕士、博士了。回村里，我还发现一个喜人的变化，就是村里的生态更好了，不仅河水清澈得可以看见河底的沙石，可看见成群的鱼虾，就是多年未出现的野兔、野鸡、野山羊、野猪，现在在山里又出现了。

  站在乡村的田野，欣赏着让人心情舒畅的美丽乡村，我在想，改革开放40年，我的乡亲们从点煤油灯到用上Wi-Fi，这不能不说是个奇迹。但我更相信，在今天这样一个伟大的新时代，小山村一定会更加美丽，父老乡亲们的明天一定会更加美好。

（原载2018年12月28日《羊城晚报》）

手扶犁耙眼向前

前不久，看到一位朋友微信个性签名"手扶犁耙眼向前"，于是跟朋友聊了起来，问朋友为啥要用这样一句话做签名。朋友说，这是他父亲教给他的。

朋友说，有一阵，过得很不顺，生意很失败，那段时间他也特别消沉。住在农村没读过什么书的父亲，知道了他的情况后，也是很着急。有一天，父亲特意千里迢迢，从乡下老家赶到他生活的城市来看他。吃完晚餐后，父亲与他在书房里关着门，语重心长地聊了起来。

他父亲说："儿子，咱是农村人，不懂得做生意，你生意不好，我也帮不上什么忙，作为一个庄稼人，也不会讲什么大道理，但我觉得你做生意，其实跟我犁田是一样的道理。犁田时,手扶犁耙不看后,眼睛要向前看。如果老往身后看,不但对身后犁了的田没什么用,还会影响犁好前面的田。你生意失败了,老想着过去,天天这么伤心,不但对过去没什么用,还会影响你今后的生意。"

朋友说,父亲的话让他很受启发,与其老想着过去生意的失败,意志消沉,改变不了现状,还不如眼睛向前,专心致志去做好今后的生意,去弥补过去的失败。于是他振作起来,把父亲的话铭记在心,做了微信个性签名,做了他的座右铭,也放在手机和电脑的屏幕上,时刻提醒自己。

听了朋友的讲述,我在想,手扶犁耙眼向前,看似一句有关犁田技巧的话,但实际上更是一句富有哲理的人生感悟。在生活中,很多时候,我们也常常会像那位朋友一样,为了过去的失败、不如意,让自己处在悲伤中,更有甚者终日饮酒消愁,在失败中走不出来,自暴自弃,似乎整个人生都看不到希望。

手扶犁耙往后看,不但对犁了的田没什么用,还会影响犁好前面的田。面对过去的失败、不如意,如果不去调整心态,眼睛向前,那么在错过星星时,接下来也会错过月亮。人生不如意事常八九,那么我们怎样去面对过去的失败,面对过去的不如意呢?与其悲观失望,不如总结经验,忘记痛苦,忘记悲伤,忘记失败,忘记不如意,眼睛向前,集中精力,专心致志把没有做的事情做好做精。

对待失败、对待不如意是如此;对待成功、对待喜悦也是如此。如果整天沉浸在成功与喜悦中、在别人的吹捧和夸奖中,沾沾自喜，飘飘然，不眼睛向前，也同样会影响工作。因此，在生活中，我们要在发扬成绩、吸取教训的基础上，学会手扶犁耙眼向前，做好未来的事情，创造更加美好的明天。

（原载2021年8月6日《今晚报》）

好话也要好好说

我的一位朋友，脾气比较急躁。他很孝顺父母，却不太注意与父母说话的方式，也不太注意说话的态度。明明是一番好意、一片孝心，说出的话却常常让父母难以接受，不但没能让父母感受到好意，反而被认为不懂尊老敬老。

为什么会一番好意却办砸了事呢？究其原因，我想，是因为不懂好好说话，尤其是对自己亲近的人。生活中有一些人，对不熟悉的人很注意说话的分寸，表现出很高的情商，而对待亲近的人，说话就比较随意，不太注意说话的方式和态度。我们说要懂得说话的技巧，就包括了好话也要好好说，如果认为自己是出于好意，亲近的人又不会和自己太计较，就口无遮拦或不懂表达，结果好意没能好好地表达出来，好心没收到好效果，还适得其反，实在是一个遗憾。

生活中，类似的事情我们也会遇到。明明是一番好意，但没有控制好情绪，没有考虑受众的感受，想到哪儿，说到哪儿，对着亲近的、熟悉的人，分寸不注意，没站在受众的角度组织语言，说出来的话，让人听着尴尬或难受，结果，好好的聚会因此不欢而散，保持多年的友谊因此失去，更有甚者，可能因为一言不合，双方吵起来、闹起来。

所以，我们在与他人的交往中不仅要留好心、存好意，还要有"好嘴"，既要好心好意，也要"好嘴"好说。

那么，怎样才能"好嘴"好说呢？我觉得不管对谁，都要懂得换位思考，要尊重他人，要让他人感到自己受到尊重；其次是说话时语气要平和，要让人听起来舒服；再就是要清楚对方喜欢什么、忌讳什么，尤其不要触碰对方的底线。有时候，我们还要留意对方的心情，选择心情好的时候说话，对方往往更容易接受，千万不要哪壶不开提哪壶。

当然，作为受众，我们也要学会辩证地听别人的话。或许别人说出的话着实不中听，但确实出于一番好意，也确实有道理，忠言逆耳利于行，不要一听到不顺耳的话，就一触即发，误解他人的好意。此外，我们也要学会大度与包容。别人批评的话，有则改之，无则加勉，不要一言不合就翻脸。别人好心指点你，就算不认可，也可以表达谢意。

我对朋友的父母说，你的孩子说话不注意方式，当然得改，但为人父母也要对孩子的话辩证地听，要分辨一下是否用心良苦，是否讲得有道理。我的说法，朋友的父母点头赞同。

好话也要好好说，这既是生活技巧，也是生活艺术。作为受众，也要懂得辩证地听，体谅他人的好意，包容他人的不足。如此，我们的生活会更加和谐与美好。

（原载2021年8月5日《鲁中晨报》）

换个角度

下班的路上,遇到一朋友,聊起小孩的教育问题。朋友说几天前在辅导孩子作业时,有一道看图形的题,她与孩子看的不一样。孩子坚持自己的观点,被她大吼,说明明是一正方形,为什么偏要说不是,弄得孩子眼泪汪汪。后来孩子离开座位,她坐在孩子的座位一看,换了角度,看到的还真是孩子说的形状。这时朋友才知错怪了孩子,不应该对他吼,更不应该去责怪他。

换个角度看就是不一样的形状,孩子的作业是这样,现实生活中很多事情又何尝不是这样?记得小学语文课本中,我们就曾学过"横看成岭侧成峰,远近高低各不同"的诗句，讲的就是庐山丘壑纵横、峰峦起伏，移步换形，游人在不同的位置，看到的也是不一样的风景。

很多时候，我们总是信奉"眼见为实"的道理，总认为只要是亲眼所见的就一定是事实，就肯定地下结论，而实际上很多事情，站的角度不同，看到的也会不一样，也就是我们常说的"步移景异"。就如那位朋友，从她站的位置看是正方形，于是就肯定地认为是正方形。当小孩与她意见不一时，就武断地认为小孩是错的，对孩子大吼起来，没想到换个角度，在小孩坐的位置看就是不一样的形状。

在生活中，我们常常也是这样，总是站在自己的立场，用自己的思维，从自己的视角去看待人和事，在与他人看法不一致时，总认为自己是对的，别人是错的，更有甚者与他人争起来。其实我们完全可以不要急着先去下结论，可以听听他人的意见和解释，也许换个角度，结论与之前的就大不一样，争执、矛盾也随之而解。

局限于一个立场、一种思维、一个视角去看人和事，实际上也是没有辩证地去看待问题，没有看到事物的二重性、多面性。塞翁失马，焉知非福，虽然是个寓言故事，但讲的就是事物二重性。在事情顺利时，要有忧患意识，防止乐极生悲；在困难时，要有机遇意识，懂得"危"中有"机"。

换个角度，也许就能从平凡中发现精彩，由讨厌变成欣赏，也能更全面客观地看待人和事，换了角度，换了思维，换了心境，我们可能就会看到不一样的风景，也许我们的生活也会因之更美好，人生更精彩。

（原载2021年8月3日《广州日报》）

童谣里的记忆

几天前,在看一些童谣作品,看到孩子们唱童谣时那欢快的场景,我不由自主地想起儿时的岁月,想起在大山深处的老家唱童谣的那段难忘时光。

儿时的老家,不像今天城里的孩子有幼儿园,我们那时是没有幼儿园的,上学前的启蒙教育大多就是听大人讲村子里一代代流传下来的民间传说,唱那很土气但也很接地气的、家喻户晓耳熟能详的家乡童谣,来开启我们的智慧之门。

我是在漂溪界学的第一首童谣,在外公家,外公教我唱的。外公家在一座大山的深处,在那深蓝的林海中,方圆几公里就外公家一栋小木屋。我在外公家虽然只住了两个多月,却留下很多难忘的记忆,我时常想起那段快乐而幸福的时光。

那是一个月明星稀的夜晚,碧空无云,一轮又圆又亮的月亮高挂在天空,皎洁的月光,像水似的倾洒下来,把大山里照耀得如同白昼,如此良辰美景,很自然地让人想起一个个关于月亮的传说和故事。那晚外公给我讲了他也是听来的嫦娥奔月、天狗食月、唐明皇游月宫的故事。

讲完故事后,外公突然对我说:"外孙,我教你唱首歌,你学不学?"

儿时的我觉得外公知识很渊博,我用崇拜的眼神看着外公,连声说:"好!好!好!"

那晚,在月下,外公教我唱了一首家乡的童谣《月光光》,那极富节奏感的调子,我觉得好听极了,跟着外公一遍又一遍地唱着"月光光,海光光,担担水,洗学堂,学堂洗得亮光光……"外婆听到后,笑着对我和外公说,一个"大疯子"带着一个"小疯子"。这首童谣是口头传下来的,歌词我现在也不一定搞得准确清楚,但用家乡的方言,我现在还能流畅完整地唱出来。

在漂溪界的两个月,很快就过去了,我带着从外公那里学来的童谣《月光光》,回到村子里,想凭着这首歌,在小伙伴面前露一手,却没想到村子里一些比我年龄大的小伙伴都会唱,让我很是惊讶。后来才知道,其实这首《月光光》外公会唱,父母和村子的大人们都会唱,原以为可以大显一下身手,没想到一些小伙伴比我还先学会了,也让我在心里暗下决心,要学更多的童谣。

后来,我从村子里的大人那里,从小伙伴们那里,又学到了很多童谣。这些至今仍在村子里传唱的童谣，是原生态的口头文学创作，虽然很土气，但蕴含了许多做人处世的道理，包含了很多生活知识，以及对美好生活的向往和憧憬。也正是这一首首有着浓郁家乡特色的童谣，成了我儿时的精神食粮，伴我度过了快乐的童年，给了我音乐和文学最初的启蒙。

关于童谣我又想起了在室韦的那个早晨。室韦是一个地处内蒙古北部的中俄边陲小镇，是一个俄罗斯民族乡，因其独特的自然风光、浓郁的俄罗斯风情，以及中俄界河——额尔古纳河，很是吸引我，很早就想去那走一走看一看。终于一个偶然的机会，我去了室韦，但我到达时已是晚上，那晚我住的是民宿，一个特色木刻楞小木屋，吃到主人腌制的俄罗斯酸黄瓜，喝到自酿的红豆酒，感受着俄罗斯传统的家庭生活习惯。

因为晚上只能看夜景，看自然风景就希冀于第二天早晨。第二天，我起得很早，清晨的室韦特别美丽，站在额尔古纳河畔，感受着河面上吹来的晨风，蓝天、绿草、白桦树、河流、草地，金色或褐色的木刻楞、黑黑的牛群和白白的羊群，勤劳善良的人们，向对岸望去，是俄罗斯的小镇奥洛奇，不出国门就能领略异国风情，让人非常放松，令人悦目清心，仿佛一道清清的山泉水从心上潺潺流过，十分舒服。

也就是在这样一个美丽的时刻，我突然听到有人在唱儿时家乡熟悉的童谣。在这样一个中俄边陲小镇，听到有人唱俄罗斯的民歌《红梅花开》《三套车》，不会惊讶，但听到家乡的儿时童谣，着实让我很惊讶，也很好奇，顺着歌声走过去，一问才知道,这是一对从我老家隔壁镇来这儿旅游的老年夫妇。大爷说,孩子很孝顺,给他们报了团出来旅游,在这个有着浓郁异国风情的美丽边陲小镇,他和老伴被这清晨的美景感染了,这童话般的美丽小镇,让他仿佛回到了纯真的童年时代,情不自禁地唱起儿时熟悉的童谣。大爷讲这些时,脸上洋溢着满满的幸福和自豪,此刻我也觉得很幸福,很快乐。

古人云,千里作远客,五更思故乡。故乡是一个人无论走到哪里也忘不了的地方,就像一块巨大的磁石,牢牢吸引着每一个远离家乡的游子。有人说最难忘是童年,童年给了我们最真最纯的记忆。我想无论我离开家乡多久,也无论我走到哪里,我都不会忘记童年的岁月,不会忘记在大山深处的老家唱童谣的那段难忘时光。

(原载2021年8月11日《中国社会报》,被《语文报》编发作者创作体会转载)

改变人生的评语

几天前,我大学实习时教过的一位学生路过羊城,顺道来看我。我与他已经有二十余年未见面了,那天,在我家附近的一座大众化酒楼,找了个靠街的位置坐下,点了几碟精美的小菜点心,与这位学生欣赏着城市的风景和车来人往,感受着这座城市独特的饮食文化,边吃边聊起来。我们聊了很久,聊了很多人,聊了很多事,聊了过去,也聊了现在。

在说到我给他们上作文课,评改他们的作文时,他充满感激地对我说:"老师,没有您给我的那段作文评语,给我信心和力量,我就上不了大学,是老师您改变了我的人生。"接着他又说,有我评语的那本作文本他一直珍藏着,现在还时不时拿出来看一看,并说班上其他同学也收藏有我评语的作文本。这位学生的话把我的思绪带回到那段已经久远却让人难忘的实习时光。

大学毕业前的实习,我去了一所镇中学,在那担任班主任和语文老师。记得那年秋天非常美丽,瓦蓝瓦蓝的晴空,偶有几缕浮云掠过,太阳在赭黄色的大地上流泻着金光,镇里的那条小河干净得像镜子一样明亮,气温不冷不热,这是收获的季节,也是乡亲们一年一度最紧张、最欢乐的季节。那年那个小镇秋天的景色像一幅精美的图画,现在还印在我的脑海里。

记忆中,那时的乡村中学考大学是很难的,特别是像我实习的这所中学。据学校的老师讲,一年能有三几个学生考上大学,就很不错了,有两年一个都没有。那年,我实习的班,听说是学校成绩最差的班级,学生也没几个想考大学的,班级很难管理。

我来自农村,也是从农村中学考上大学的,我与学生倒是能融到一块,他们也把我当大哥哥看。为了改变班上不喜读书的风气,激励学生考大学,我给他们讲了自己的那段求学经历,讲了我高中毕业时,因家贫不得不去沿海打工为自己赚学费,起初在建筑工地和灰、筛沙、挑砖头、扛水泥,甚至打混凝土、抬预制板,再到一家鞋厂担任车间主管,后来用自己赚来的学费走进大学校园的故事。虽然在实习期间似乎也没有明显改变班上的学风,但我也能感觉到,我的故事似乎激起了一些学生想考大学的欲望。

这个顺道来看我的学生,就是其中的一个。我清晰地记得,他是一个矮小瘦弱的孩子，不爱说话，也不怎么合群，似乎班里的快乐、班里的一切都与他无关。听原班主任老师说，他父亲喜欢喝酒，经常打骂他和他的母亲，如果不是他母亲坚持，他肯定上不了高中。如果不是我熟悉他，我很难相信眼前这位口若悬河、充满自信的青年就是当年那个不爱说话的孩子。

实习结束前的一星期，在最后一次作文课上，我要他们写篇作文，题目是：我最想跟老师说的话。之所以要给他们布置这道作文题，主要是想通过学生的作文，了解他们怎么评价我的实习工作，也算是给我的实习生涯留下一段回忆。

作文收上来后，果如所料，大部分学生写的是我与他们两个月的愉快相处，祝福我今后工作顺利、人生幸福美满之类的内容。可是这位学生写的是，他希望能像我一样靠自己的努力考上学，但觉得自己成绩太差，没这能力，所以决定还是不去考大学了，他说也是犹豫了很久很久才鼓起勇气把心里话告诉了我。

每位学生的作文，我都认真写了评语，点出优点，写满鼓励和祝福。给这位学生的评语，每一句话、每一个字，我都斟酌了好几遍，想通过这段评语，给他自信和力量。实习时的最后一节课，发作文本时，学生们看了评语，都很开心，有好几位还感动得流泪了，其中就有这位学生。

这位学生反复对我说，是我写给他的那段评语改变了他的人生，特别是那句"我知道你一定行，一定能考上大学"的评语，对他激励特别大。他说第一次高考失败后，他父亲坚决不让他去复读，于是他就想着要向我学习，选择先外出打工，赚够了学费后再回来考大学。他这样想，也这样做了，但在打工期间，生活的艰辛，让他好几次都不想再坚持，每到这时，想起我写给他的评语，又给了他力量，也就是那段充满鼓励的评语，激励他走进了大学的校园。

那段实习的经历已经过去很多年了，听这位学生说那所学校也与其他学校合并了。那年在那所学校实习的情景却仿佛就在昨天，很多人很多事我现在都清晰地记得，不过我写给学生的作文评语，有不少学生一直珍藏着，并对他们有如此激励的力量，是我未曾想到的。

（原载2021年8月刊《少男少女》杂志，被《陇南日报》等转载）

英雄树下

10年前,一个阳光明媚的日子,我离开工作生活了很多年的湘西南的一座城市,来到羊城,来到这座到处都是"英雄树"的城市工作生活。来这座城市之前,我不知道木棉是"英雄树",更不知道木棉是这座城市的市树。

我工作生活在越秀区,据说这里拥有羊城最丰富、最有影响力的红色文化资源。在这里,我不仅知道了木棉是"英雄树",木棉花是"英雄花",更知道这是一座有着很多英雄故事的城市。我利用节假日,参观了英雄树下一个个红色革命遗址、一个个红色文保单位,我感受到在这座英雄辈出的城市,那一串串红色印迹恰如这红艳似火的英雄花,在讲述着一个个轰轰烈烈的英雄故事……

在我住所的旁边，就是广州农民运动讲习所旧址，这原是清代的学宫，门额上悬挂着"毛泽东同志主办农民运动讲习所旧址"的横匾，前院为池塘，池塘中间有一座石拱桥，院里有几株参天古树，其中就有木棉，据说树龄有190多年。听讲解员说，为培养农运干部，在中国共产党倡议下，从1924年到1926年，这里先后举办了6届农民运动讲习所，其中毛泽东主办的第六届农讲所，招收了来自20个省份的300多名学员，是办学时间最长、规模最大、人数最多的一届。农讲所培养的农运骨干，奔赴全国各地，点燃了农民运动的星星之火。

离农讲所不远处的中山二路上，有广州起义烈士陵园，这是新中国成立后为纪念广州起义中牺牲的烈士而修建的纪念性公园，死难烈士有5700多人埋葬于此。这里松柏苍苍，象征着党指挥枪的雕像肃穆挺立，是全国重点烈士纪念建筑物保护单位。广州起义纪念馆则位于起义路，是由中国共产党党员张太雷领导发动的广州起义而建立的苏维埃政府——广州公社所在。虽然广州公社仅存在了3天，却是中国大城市里建立的第一个苏维埃政府，被誉为"东方巴黎公社"。

从中山二路再往前走到恤孤院路，这里有中共三大会址纪念馆，是全国重点文物保护单位、全国爱国主义教育示范基地。这里黄墙红砖，绿树成荫，有一幢名为"春园"的小楼，陈独秀、李大钊、毛泽东、蔡和森、向警予、张太雷、瞿秋白等，以及共产国际代表马林等都曾在这里居住，为中共三大的筹备和召开进行过废寝忘食的工作。1923年在这里召开的三大，这个仅有420名党员的年轻的中国共产党，与拥有30万名党员的中国国民党正式开始合作，在中国近代史上掀起的一场前所未有的大革命，竟肇端于新河浦路恤孤院这幢小楼中。

在我住所附近的越华路上，还有中国共产党早期革命家、理论家杨匏安的故居。这里原为杨氏家族的宗族祠，杨匏安住进杨家祠后，在这里宣传唯物论和社会主义，撰写了一系列宣传马克思主义的文章，是华南地区系统介绍马克思主义的第一人，也是我党的第一代监察干部。

也是在我住的地方不远的先烈中路，有七十二烈士墓园，又称黄花岗公园，这也是广州作为近代革命策源地的重要见证，是第一批全国重点文物保护单位。有资料显示，中共三大结束时，全体代表到此，在英雄树下共同高唱《国际歌》，在雄壮有力的歌声中，中共三大胜利闭幕。

这座城市的红色革命遗址、红色文保单位还有很多，比如位于滨江西路上的第一次全国劳动大会旧址等。工作生活在这座具有红色革命传统的城市，在接受红色传统教育、传承红色基因的同时，也感受着英雄树下的这座城市日新月异的变化，我们正迈向更加幸福美好的新生活，感受着正在演绎着的一段又一段崭新的英雄故事。

（原载2021年8月16日《文艺报》）

敢于把困难说出口

前不久，朋友的母亲住院，小孩正上小学，那段时间，她一个人既要照顾老人，又要照顾小孩，还要上班，使尽浑身解数，结果不但没有处理好这些事情，还把自己累倒了，住进了医院。她一位刚退休在家的亲戚去医院看她，对她说这些困难应该早点说出来，不至于把自己累倒，其实他是可以帮她的，比如说接送小孩上学放学、照顾小孩等。

听了朋友的故事，我在想，敢于把困难说出口，不仅是一种生活态度，更是一种勇气。许多时候，我们常常会碍于面子，遇到困难不敢说出口，认为把困难说出来，甚至求助于人，是弱者的表现，不把困难说出口，独自去承担、去面对，才叫坚强,才是强者。于是,遇到困难,常常是隐藏心底,对他人闭口不谈。

其实,不隐藏困难,遇到困难敢于说出口,不是弱者的表现,而是敢于正视困难、勇于解决困难的生活态度。说出困难不是在逃避困难,而是在寻求解决困难的路径。个人的能力是有限的,许多时候,遇到的困难,对个人来说,可能竭尽全力还是没法把事情处理好,没能走出困境,但借助众人的力量和智慧,群策群力,可能轻而易举就能帮助你走出困境,解决难题。就如我这位朋友,那段时间,她竭尽全力,使尽浑身解数,结果事情不但没有处理好,还把自己累倒了,而对刚退休在家的亲戚来说,帮忙接送、照顾一下小孩,就是举手之劳的事情。

一人拾柴火不旺,众人拾柴火焰高。一人难挑千斤担,众人能移万座山。遇到困难,众人的力量和智慧往往会比个人大。你不把困难说出来,你解决困难的办法和路径就局限于个人,在无形中把一些解决困难的办法和路径挡在了门外。把困难说出来,其实也就是多开辟了一条解决困难的渠道,打开了众人拾柴火焰高、众人能移万座山的开关,开启了大家帮助你解决困难的大门。如果不把困难说出口,即使你的朋友、亲人、同事乐于帮助你,想帮你,也不知从何处着手来帮你。因此,在工作、生活中,我们不但有了好事要与大家分享,遇到困难之时,也要勇于说出来,希望得到助力。

敢于把困难说出口,不是脆弱,而是敢于正视困难,不逃避困难,在寻找解决困难的方法,是内心真正强大的表现。当有一天，你的亲人病了，子女在教育上陷入困境，工作上遇到难题，宠物走丢了……面对这些困难，你不再害羞，不再碍于面子，而是勇敢地把困难说出口，寻求帮助，或许这个小小的勇敢举动，便引来众人帮助，帮你解决困难，帮你走出困境，让你获得意想不到的收获，让你的工作生活更顺利。

（原载2021年4月20日《广州日报》）

水是故乡甜

离开故乡在城里生活已经二十余年了,随着年龄的增长,对故乡的感情与日俱增。故乡的天,故乡的地,故乡的山,故乡的水,故乡的父老乡亲,甚至别人听不太懂,自己却感觉无比亲切的乡音……都时常在梦里回放。

美不美,家乡水。无论是在城里喝着经过多道加工程序才得以纯净的自来水、瓶装的矿泉水,还是在其他地方喝当地的水,我都会想起故乡那浸透心肺、甘甜爽口的山泉水,总觉得水是故乡甜。

我的故乡在湘西一座大山深处,那里山高林密,山一座连着一座,在这连绵起伏的大山里有一个叫向阳坪的院子,我家就在这院子里。

在院子的东头有一股清冽的山泉水从石缝中汩汩流出，泉眼下是一口普通的山村水井，用青石板条砌成，井口约1.5平方米，水深约1米。水井旁住着十来户人家，百来口人全喝着这口水井的水。

听父亲说，这口水井有上百年的历史了，当初院子里是没有水井的，因为院子里住的人不多，大家用水都是直接把山泉水接到木桶里，待水接满后再挑回各自家里的水缸。后来院子里住的人多了，再这样接水满足不了用水需求，于是院子的人就齐心协力砌成了这口水井。

在我记忆里，不管气候如何干旱，山泉水从来没有干涸过，水井一年四季也都是满满的，井水甘甜爽口，沁人心脾。住在院里的人都说这眼山泉是有灵性的，特别懂得体贴人，流出的水冬暖夏凉。

农村的孩子放学归来都要干农活、家务活，帮助大人做事。记得我七八岁的时候，就开始去水井挑水。我常常和院子里的小伙伴们挑着小木桶一起去。有时候，挑水的孩子多，会有三四只水桶同时下井。水桶太多，井面就显得窄了，先下井的往往可以顺利装满水，后下井的折腾了好一阵才装到，桶里还会捎带上不少井壁上的青苔和井底的小石块。

夏天的水井是最美丽的。清晨，水井旁野花飘香，青草翠绿，小草上挂满了露珠儿，在太阳的照射下，晶莹剔透，着实让人喜爱。孩子们从水井旁经过，边放牛边大声朗读着课文，大人们将一担担清澈的井水挑进家家户户的水缸；早饭过后，院子里的女人就端着洗衣盆陆陆续续来到水井旁,边洗衣服边拉家常,遇到村里的男人从井边路过,还会开开玩笑,高兴之余,女人们还会端一盆井水,往男人的身上泼去,引来一阵阵开怀的笑声;中午,放暑假的孩子们砍柴归来,急着冲到水井旁,用小木桶从井里提上一桶冰凉甘甜的山泉水,趴在木桶里"咕咚咕咚"一阵猛灌后,把自己脱得光溜溜的,高举着小木桶一桶桶从头顶浇下井水,冲掉了酷暑,冲掉了泥垢,冲掉了疲劳;夜晚,水井旁蛙声四起,蝉声此起彼伏,宛如乡村的夜曲,耀眼的月亮和眨着眼睛的星星,伴着清风在水井里摇晃起舞,稻香从远处一阵一阵地飘来,这一切构成了一幅清新幽静的山村水墨画。

  水井边最热闹的是过年的前几天。院子的人都出来了,围在水井旁,杀鸡宰鹅,清洗年货。乡亲们相信老人一代代传下的话,用了清洁的井水洗净年货,来年就会走好运,来年的生活就会如井水般甘甜。他们还相信,在水井边洗年货,也是在向水神祭祀,祈祷来年风调雨顺。这时的水井边,院子里的男女老少齐上阵,那些宰好整理好的鸡鹅肉一盆盆放在井边,充满了浓浓的年味。

  现在家乡发生了很大的变化,家家户户都用上了自来水,院子里的人早已不需要从水井里提水了。水井边已长了许多不知名的野草,青石板上也爬满了青苔,但井水依然那么清澈。父亲说,村里修公路时本来规划要把水井填了的,但后来由于院子里百来口人的集体反对,水井才被保留了下来。

  每次我从繁华的都市回到老家探望父母,都会在水井旁静静地坐上一会儿，会哼着儿时就学会的那首旋律优美、脍炙人口的《泉水叮咚响》，用手掬一捧泉水，喝上几口，感受那久违的清甜，在心底里默默地重复着那句：水是故乡甜。

（原载2020年6月19日《南方日报》，被选为2021年中考语文试题现代文阅读猜押题）

活得有张有弛

一张一弛，文武之道。实际生活中，不少人一忙就忘了这个道理。

有位同学说，最近工作太忙，压力特别大，弄得他身心交瘁，天天失眠，工作状态很不好。本想好好地休一个假，放松放松，调整一下心态，但一想到工作没做完，立马又放弃了休假的念头。

一辆在高速公路上奔跑的车子，每跑一段就要停下来去加油，我们的工作生活也是这样，要懂得适时给自己加油。

有句话说：磨刀不误砍柴工。身体需要休息才能更好地应对后续的工作，太累不仅工作效率低，还容易出错，反而影响工作。而且，你的知识储备也需要适时补充和更新,才能更自如地应对发展变化,这就需要挤出时间,停一停,去休整和充电。

休息是对身体的补给,是给身体加油,是为了更好地工作。我们要学会劳逸结合,该休息的时候好好休息,该放松的时候好好放松,该工作的时候好好工作。一个精力充沛的人,做什么都游刃有余,能把工作做好,又有丰富的业余生活。

如果你的工作真的很忙,不可能休个长假,那么,你可以见缝插针地小憩一下,比如工作之余做做操,喝杯茶,闭目养神一会儿,或者听一点喜欢的音乐……花不了多少时间,却能放松身心,让精力更充沛,头脑更清醒,自然也能更好地提高工作效率。此外,也要统筹好工作,按照轻重缓急合理安排事务,确保工作任务按时完成,又不会诸事挤成一团。当一切按部就班,井井有条,心理的压力会减轻,也能挤出一点休息的时间。有些工作如果超出自己的能力范围,一定要及时提出来,让大家一起帮忙完成。

生活中,我们还会碰到这种情况,因为工作忙,忽略了家庭,很久没有和家人聊天交流,很久没有与家人一起吃顿饭,甚至因此出现家庭矛盾,当工作和家庭的双重压力袭来,怎不被压得喘不过气来?到头来不但工作没干好,家庭也没经营好。家和万事兴,在休息时多陪陪家人,感受浓浓亲情,感受与家人在一起的美好时光,家庭和睦了,工作也更有干劲。

活得有张有弛,是一种生活智慧。再忙再累也要尽可能抽出一点时间,按下暂停键,给身体和大脑加足油。有时候,停一停,不是延误,而是为了更好地前行。

(原载2021年9月21日《广州日报》)

梅兰豆腐

我出生在湘西一个叫梅兰村的小山村。这个大山深处的小山村,山明水秀,小桥流水,民风淳朴,跟它的名字一样美丽。我在那里生活了20多年才离开,大学毕业因工作住到了城里,在城里生活久了,我便常想起家乡。

也许是多年远离家乡的缘故,近来对那些怀着乡愁,不惜万里迢迢回家乡寻根的人,有了一种认同感。对家乡的爱恋,使我常常想起大山深处的梅兰村,想起家乡的父老乡亲,想起在家乡生活的点点滴滴,想起家乡的梅兰豆腐。

梅兰豆腐有水豆腐、豆腐干、油豆腐、酱豆腐、腐乳……梅兰豆腐,最出名的还是水豆腐,梅兰水豆腐白得像雪,嫩得像煮熟的鸡蛋清，具有外观晶莹有如白玉、口感滑嫩清香而不失回味等特点。在鲜鱼汤中加入水豆腐，汤则白如玉、稠如脂；水豆腐炖泥鳅，更是道名菜；就是简单的青椒炒两面黄豆腐，也会让你回味无穷。

对农村人来说，豆腐是常见的食品。小时候过年，家家户户都要做豆腐。记忆中，在家里看得最多、吃得最多、闻到味儿最多的就是豆腐。记得我背着米菜去乡中学读寄宿的那段岁月，在我用罐头瓶带的菜中，经常会有豆腐干、霉豆腐、两面黄煎豆腐……来我们村里的外地人大多都会吃到梅兰豆腐，因为来了客，乡亲的餐桌上总少不了豆腐。豆腐食用的方法很多，炒、炸、炖、煮、凉拌都可。据说，全国的豆腐有千种以上的吃法，虽然我家乡豆腐烹饪的方法没这么多，但也不少，比如麻婆、煎两面黄、青辣椒炒、清炖、水煮，什么都有。往往一顿饭下来，无论什么豆腐，都会被吃得精光。听父亲说，一位曾在家乡工作多年的外地人，后来因工作需要调往北京，20多年后，他特意回到这里，为的就是再次吃到我家乡的梅兰豆腐。

有人说，天下泉水出名的地方，往往也出产味美的豆腐。外地人吃了家乡的豆腐后，总会问我的乡亲，梅兰豆腐有没有什么制作奥秘？我谦逊的乡亲总会告诉他们，没什么特别，只不过我们山里水好、黄豆好而已。

家乡加工水豆腐，先是精选饱满的黄豆，精选的黄豆犹如一颗颗小金珠，煞是好看。精选的黄豆用石磨去皮后，用晶莹透彻的山泉水浸泡，等豆子发胀后，便开始磨豆浆。家乡做豆腐习惯说打豆腐，常以桌为单位，也就是常说的打一桌豆腐。家乡以前是用手推石磨来磨豆浆,一般是一人喂料,两人拉磨,现在乡亲们不需要像以前那样辛苦做手工了,电动的打浆机代替了石磨,磨一桌豆浆几分钟就完成了。

磨好豆浆后,就是滤浆、烧浆。先把大铁锅洗干净,烧上微火,接着,在大锅上架好支架,把磨好的豆浆通过纱布过滤出豆渣,豆渣也可用来做菜吃。白白的豆浆顺着纱布流到锅里后,再把火烧大,待锅里的豆浆完全烧开后,把煮熟的豆浆舀入大木桶内,均匀地浇上石膏水。浇入石膏水也是很有讲究的,是个技术含量较高的活,浇石膏水要恰到好处,少了太嫩压不成豆腐块,多了太老口感就不细腻,食时如同嚼蜡。打豆腐,虽然一般农家都会,但要做得好吃,那还真得下一番功夫。

热腾腾的豆浆凝结起来后,乡亲把这时的豆浆叫作豆腐花,软乎乎的,拌上红糖水或白砂糖,很是美味。当桶内豆腐花凝固得差不多了,豆浆成了块状时,便再次把它舀到贴有布包袱的木匣子里头,然后将半凝固豆腐包起来,把纱布的四个角缠紧在一起,盖上盖子,最后压上早已准备好的石头,压水干至七八成,梅兰水豆腐便成了,可食用了。

家乡随处可见卖豆腐的,不光街上有,各村庄里也有,还有挑着担子卖的,卖豆腐的人用悠远而低沉的调子喊出:"豆——腐!"想买豆腐,随时都可买上几块。本地人还可以用黄豆兑换,也可以赊账。对于赊账的,豆腐老板从来不怕你不送钱去的,赊豆腐的人也不管过多久,总会记着赊豆腐欠的钱,有了钱就会立即送过去。记得读小学三年级的时候,我和哥哥也赊过豆腐，过了好几个多月，我们把赊豆腐的钱送过去，豆腐老板仍笑容满面地对我们说不着急。

我有位初中同学家是做豆腐的，这位同学起初辍学在家帮父母打豆腐卖，在打豆腐的过程中，悟出了知识的重要性，于是主动向其父母请求要继续回到学校读书。打了两年多豆腐，这位原先读书吊儿郎当的同学，变得异常用功，后来考上师范大学，现在是县城一所著名高中的一位很受学生欢迎的生物教师。后来与这位同学闲聊，他说他之所以能读大学，并且会选择生物学这个专业，与打豆腐的那段经历有很大关系。

各地的豆腐，我虽然没有吃全，但也吃过不少地方的豆腐。在城里生活，我也经常买豆腐吃，在饭店里也经常点豆腐这道菜，但总觉得吃不出家乡的味道来，总感觉没有梅兰豆腐那么细腻，没有那么清香。离开家乡久了，我常念叨着家乡的梅兰豆腐。前不久我回了一趟老家，看到我很久没有回家，母亲特意给我准备了很多的家乡菜，要我多吃点，说在城里吃不到，而我却一定要她给我来个梅兰水豆腐。父亲听后，在旁边笑呵呵地说："我就知道我儿子最喜欢的菜还是家乡的豆腐，对梅兰豆腐有感情啊。"我从乡下老家回城里时，母亲还特意给我打了一桌豆腐，用猪油煎成两面黄，让我带回城里，我放在冰箱，都舍不得送人。

现在我常与同事朋友开玩笑说："你们没吃过山珍海味，可能没什么遗憾，但如果没有吃过梅兰村的豆腐，那真会是遗憾。"

（原载2018年10月25日《羊城晚报》）

说理是个技术活

朋友打电话诉苦,说苦口婆心地给孩子讲了一大堆道理,他就是听不进去。我想,朋友给孩子讲的道理都是对的,也都是为孩子好的,为什么孩子却听不进去?类似的现象,生活中并不少见,原因是多方面的,但一个重要原因或许就是没有掌握好说理的技巧。

我们总是希望讲理时他人能接受,但有时会事与愿违,对方不但理没听进去,还引发反感,甚至把关系搞僵。或者口服心不服,产生抵触的情绪。所以,不要小看说理的技巧,懂得如何说理,不仅使人把道理听进去,还有利于人际关系和谐。

如何说理?我认为首先说的"理"必须是理,是经得起时间和实践检验的理，是正确的理，如果你说的"理"不正确，即使他人暂时听进去了，终究还是会抛弃的。所以，说服别人之前，先把自己的"理"考虑清楚，检查一下，确保正确和妥当。"理正"，也是一种底气，理直气壮。如果一个人经常都"理正"，说话就容易令人信服。

此外，要考虑听者心理。说理是一个双向过程，听者能不能接受你的理，什么时候接受，接受到什么样的程度，是由听者决定的，不是说理者自个儿说了算，也不可以替听者接受，更不能强迫听者接受。听者会不断变化，所以我们要先了解听者，比如，要考虑他的心理，考虑他乐于接受的形式，选择合适的时机、地点和方法，用对方容易接受的方式来说理，事半功倍，否则，容易陷入自说自话，听者并不领情。

我们常说要"动之以情、晓之以理"，意思就是要用感情来打动听者的心，用道理来使听者明白。说理时要考虑听理对象的情感因素，在道理说得准确、客观、深透的基础上，语气春风化雨，以情动人，从而使说出的道理达到迎刃而解的效果。有不少人会认为，只要把道理说透，把对方驳得无话可说，对方自然会接受。但生活并不是辩论赛，什么事都要靠辩驳，会活得很累，还是要多用温和的方式以理服人。如果你总是处于强势的状态，咄咄逼人，对方容易在情感上与你对立起来，你说得再有理，恐怕对方也很难听得进去，或者从此对你敬而远之，不利于今后的相处与合作。

就如我前面说到的那位朋友，自认为对孩子说的话有道理，认为是孩子过于叛逆，而实际上，经过一番问询与探讨，我发现是因为朋友没考虑孩子的心理，高高在上，自以为是，摆出一副"恨铁不成钢"的架势，甚至在众人面前数落孩子，伤了孩子的自尊心，使孩子在情感上产生了对立情绪，自然也就很难把"理"听进去，甚至影响了亲子关系。我的一番"理"朋友听进去了，表示要改变一下说理的方式，学会与孩子和谐相处。

以理服人非易事，说理是个技术活。

（原载2021年10月12日《广州日报》）

真正的教育

朋友很重视孩子教育,按照她的话说,满脑子想着的是孩子,每天围着孩子转,放弃了很多自己的兴趣爱好,甚至休息时间,就是想让孩子多学点知识,让孩子能健康成长。

一个周末,我在斑马线前等红绿灯,正好遇到她带着孩子急匆匆地赶了过来,当时没什么车通过,但信号灯显示的依然是红灯,她对孩子说:"儿子,现在没车,我们赶紧过去,要不然兴趣班的课就迟到了。"于是,众目睽睽之下,不顾还是红灯,穿街而过。

我在想,孩子要健康成长,不仅要有知识,有本领,还要有良好的思想道德素质,养成好的习惯等方方面面,不能只讲知识，只讲本领，而不顾及其他，否则，到头来，很可能就是事与愿违，后悔莫及。

怎样教育好孩子？这是一门大学问。当然，不同的人，因为家庭背景、阅历等不同，可能会有不同的看法，但我认为，不管怎么样，要让孩子健康成长，不仅要让其学好知识，提高本领，有健康的体魄，也应该让孩子有好的思想道德素质，懂得文明礼仪，懂得为人处世，懂得自立自强，养成好的习惯。

为了不迟到，就带着孩子闯红灯，不但是对生命不负责任，也误导了孩子，让孩子错误地认为，为了达到目的，是可以不遵守规则的。生命没有回头路。在过马路时，父母应该教育孩子养成"宁等三分，不争一秒"的习惯，而不是带着孩子闯红灯。很多时候，一些悲剧，就是因为从小没有养成好的习惯，不懂得遵守规则酿成的。

在生活中，类似的事例，也许我们时常遇到。一些父母甚至对孩子说："孩子，你只管学习，其他一切都交给我们。"于是乎，就出现了孩子真的只顾学习，其他一切都为其让路，上了大学，生活不能自理，嚷着要退学的；大学毕业了，不能自食其力，做啃老族的。

这又让我想起曾经听到的一个故事。一位农村青年，虽然只高中毕业，但从淳朴善良的父母身上，从小就学会了有担当、负责任、懂节约、能吃苦等优秀品质。来到沿海打工，他以工厂为家，做什么事都认真负责，特别是在公司的一次抢险中，表现十分优秀，得到老板赏识，把一家分厂交由他来管理，现在他已经有了自己的公司，生意做得很好，成了一名优秀的企业家。不少人向他求取成功的经验，问他受了什么好的教育，这时，他常把自己的故事，讲给他们听，说父母的言传身教，就是他受到的最好教育。

教育孩子，不仅要让其学知识，学本领，还要让其养成好的思想道德素质、好的习惯等。父母是孩子最好的老师，父母的一言一行，父母以身作则，父母的榜样作用，对他们的健康成长都尤为重要。

（原载2021年8月17日《内蒙古晨报》）

向孩子道歉

周末,在公园晨练时,碰到一朋友,中途休息聊起小孩。朋友说,有一天,他正在书房写作,小孩进来问了一个问题,过了一会儿,又进来再问了一个问题,一上午,进来了好几次,严重影响了他的思路,打扰了他的写作,于是朋友向小孩大吼了起来,看到孩子眼泪汪汪地离开时,朋友很难过。

他说那天他心情也很不好,接下来更是难以继续他的写作。孩子想学知识,向大人请教,来问他,这没有错,当时他为什么就没有管控好自己的情绪,为什么要对小孩大吼,即使不想让小孩来打扰,也应该好好说。他也几次想去给小孩道歉,但又放不下面子。

听了朋友的话，我也想起了小时候的事情。在我家，父亲是个老实巴交的农民，从不对我们兄妹发脾气，更不要说打骂我们；管教我们兄妹的事，大多是母亲做的。

母亲对我们管教很严厉，也很有一套。我们做错了事，她也从不当着人骂我们、打我们，每次都是把我们带回家后，关了门再训我们，有时我们也免不了要受一顿皮肉之苦，并且每次挨了罚后，还不允许我们哭出声来。我们挨罚的时候，即使父亲就在旁边，也是不敢为我们求情的。

记得那是一个雨过天晴的夏日，被风雨洗刷过的田野分外葱翠鲜绿。田野里到处长满了绿色植物，像铺着碧绿的地毯。我与小伙伴们一起去山上放牛，看着黄色的黑色的牛群散在各处悠闲地啃草，我就与小伙伴们玩起扑克牌，玩着玩着忘记了放牛这事，结果，我家的牛在人家庄稼地里美美地饱餐了一顿。人家跑来向我母亲告状，并说了很多难听的话；当着别人的面，母亲只是一个劲儿地道歉，并把我家地里长得最好的一片庄稼赔给了别人。那天晚上，母亲流着眼泪用竹枝狠狠地打了我屁股。从那以后，放牛时我再也没有与小伙伴们玩过扑克牌。也正因为母亲的教育，我从小养成了做什么事情都很认真负责的态度，至今依然如此。

母亲惩罚我们大多是我们真做错了，当然也有她误会弄错的时候。记得有一次，村里一小伙伴把邻居的秧田弄坏了，但那邻居没弄清楚，就跑去我家告状。秧田关系到一家人一年的收成，对农家人来说重要性不言自明。那天我在外玩到很晚才回，回到家后，母亲关了门，就狠狠地把我训了一顿，我说不是我做的，母亲还说我不诚实，那晚我委屈得眼泪直往下掉。

后来，母亲知道弄错了，她主动向我道了歉，说那时她应该先冷静想一想，等事情弄清楚后，再做决定，说她批评我时，情绪有点激动，以后要改正，希望我不要生气，在今后的生活中也要冷静，要学会控制情绪，不要在冲动时做决定。那天母亲道完歉后，我很开心，也让我从心底里更加敬佩母亲。如果说，我现在在处理事情时，总会在冷静思考后再做决定，少一份轻率与鲁莽，多一份稳重与慎重，这都得益于母亲的教诲。

碍于面子不给孩子道歉，不但孩子会觉得委屈，家长也会在孩子心中留下蛮不讲理的印象，不利于孩子健康成长。人非圣贤，孰能无过，过而能改，善莫大焉。勇于向孩子道歉，让孩子明白父母也有不对的时候，感受到父母对他们的尊重，父母不但不会在孩子面前失去威信，还能让孩子从中明白不对的原因，学到知识，更加健康地成长。

（原载2021年4月7日《陇南日报》）

有人牵挂你

一位丈夫在电话里对妻子抱怨:"就一个要不要回来吃晚饭的问题,便打来电话,有什么好问的?要回来自然就会回来,不回来,打电话也不会回来。"然后很不耐烦地挂掉妻子的电话。

我想,这位妻子应该是出于关心丈夫才打来这个电话,然而在丈夫眼里,妻子是没事找事。有的人,不懂得被人牵挂是一种幸福,反而把被人牵挂看成是被人管,看成是一种负累。

在生活中,也许我们会遇到类似的事。父母打来电话,唠唠叨叨半天,一些生活常识,反复说很多遍,已经反复叮嘱过的事,还在反复叮嘱,子女却不理解父母的牵挂,认为太唠叨,没说上几句,就急着把电话挂了。当然,也有些父母不懂得怎么去表达牵挂,把对子女的牵挂变成干涉,让子女产生厌烦心理。

被人牵挂,就是有人想你、关心你,有人爱,有人疼,有人在意;有牵挂的人,说明你心中有爱、不孤独。懂得感受牵挂和学会怎样牵挂,都是生活的学问。懂得感受牵挂,就不会错怪牵挂,辜负牵挂者对自己的关爱和好意。我们也要学会如何牵挂别人,懂得把握牵挂的尺度和分寸、时机,让被牵挂者轻松愉悦地接受关爱和好意,而不是让牵挂成为他们的负担、压力。

有人牵挂你,有人可牵挂,这是滚滚红尘里多么温暖的幸福啊!

(原载2021年8月26日《广州日报》)

懂得遗忘

一位朋友近来职场不顺,心情很不好,总惦记着这事,甚至为此失眠。我跟他说,如果事情的结局不是你能左右的,那么最要紧的就是把它放下,让自己的生活重新回归正常的轨道。

人生在世,这样的情况常有。很多时候,我们明明知道事与愿违并不是因为自己有多大过错,但偏要为此耿耿于怀,最终于事无补。与其这样,为什么不学会遗忘、学会放下,让自己坦然接受,心情愉悦地过好接下来的生活呢?

选择遗忘,并不意味着稀里糊涂、得过且过,而是养好精气神,轻装上阵,是为了更好地出发。都说人生不如意事十常八九,如果我们总是把不如意的事记在心里，装在脑里，那生活还有多少乐趣可言？

懂得遗忘，不仅是一种生活态度，也是一种生活智慧。在生活中，真正厉害的人，绝不是老想着过去的失败，在阴郁中走不出来的人，反而是懂得遗忘，善于摆脱包袱的人，才更能像凤凰一样涅槃重生。

生活如此，工作如此，感情也是如此。对那些为情所困的痴男怨女来说，假如真的没有遇到对的人，一味沉湎于过去的情意缠绵，甚至画地为牢，整日顾影自怜，从此恐爱、恐婚，又如何去追寻幸福和快乐？

一个懂得遗忘的人，一定是内心强大、行事沉稳的人。懂得遗忘不是健忘，而是选择性失忆。很多时候，选择遗忘，就是选择原谅一些人和事。这与懦弱无关，与不思进取无关，只是我们不愿在纷繁的世事里作茧自缚，只是我们想成就更好的自己。

懂得遗忘，是一种自我修养，也是一种人生格局。

（原载2021年7月7日《快乐老人报》）

不当"好好先生"

周末与朋友闲聊,说他有一同事就是一"好好先生",说话做事毫无原则,奉行"你好我好大家好,谁也不得罪"的处世哲学,整天一副老好人的样子,表面上看似乎对人温情脉脉,与大家一团和气,而实际上不但影响工作,也不利于他人的成长提高,时间一长,大家都不喜欢与其合作共事。

为什么这位"好好先生"不受人欢迎呢?有句话说:"路遥知马力,日久见人心。"在这位"好好先生"的心里,想着的只是自己的利益,想着不要去得罪人,没有想着如何去做好工作,推动事情的发展,没有想着如何去帮助他人进步,有私心没公心,有俗气没正气。这样的"好好先生"自然也就不会受欢迎。

也许这位"好好先生"会说，他这样做是为了搞好团结，但在我看来，这种没有原则的"团结"不但影响工作效率，甚至还可能使事业错失发展机遇；与此同时，这也不是真正地对人好，而是遮蔽、纵容他人的错误，让他人在吹捧声中不能正确认识自己，不能及时改正错误缺点，甚至还可能使他人的错误缺点积少成多，从量变到质变，甚至滑向深渊。这也就是有些人在失败后总是说的，要是当初有朋友同事能及时提醒他就好了。

在现实生活中，这样的"好好先生"其实不少，明明知道问题所在，就是抱着不得罪人的态度，不愿说出来。为什么会出现"好好先生"？我想原因是多方面的。跟一部分人不懂得"良药苦口利于病，忠言逆耳利于行"的道理，喜欢听好话，不喜欢别人提意见有关。于是，奉行"你好我好大家好"的所谓好人主义，奉行"看破不说破"的所谓"好好先生"，在我们身边流行开来。

其实，在生活中遇到一个敢于讲原则，敢于提意见和建议的人，要比遇到一个"好好先生"要幸运。这并非说在工作生活中不要讲团结，不要注意工作的方式方法，而是做到做事有公心，有原则底线，既能推动工作，也帮助他人成长进步，自然会比所谓的"好好先生"受欢迎，大家也会更愿意与其合作共事。

（原载2021年9月18日《广州日报》，被《文摘报》等转载）

学会拒绝

朋友借钱给他人,过去几年了,借钱的人出去旅游了好几回,没有半点还钱的意思。当初那人来借钱时,他也了解这人,也不想借,但碍于面子不好拒绝。现在想起来很后悔。

这使我想起另外一朋友说的一个故事。他的一个亲戚邀请他出去旅游,他说亲戚一提出这个想法,他就想拒绝,但也因为不懂得拒绝而答应了亲戚,结果一起外出旅游一个星期,让他很不开心。

很多时候,我们总在优先考虑别人的感受,总想着拒绝会让他人不高兴,怕被人说是自私,甚至怕因为拒绝而失去朋友,断了交情,于是也就形成了他人有求必应,宁可委屈自己,也不轻易拒绝的理念。

其实很多时候，我们心不甘情不愿地去接受，远不如清楚明了地拒绝。就如朋友的亲戚约他旅游这事，亲戚可能并不知道他不想出去玩，更不会知道一起出去玩他会不开心，甚至他亲戚只是想通过一起旅游增进与他的关系，才邀请了他。与其碍于面子，不情不愿地答应，还不如礼貌地、清楚明了地告诉亲戚自己的真实想法，或许这样并不会让亲戚不高兴，更不会委屈自己。

懂得拒绝不是自私，而是有自己的底线，坚守自己的处事原则。清晰明了地告诉他人我们的想法，表面上看起来是拒绝，实际上是在告诉他人你喜欢什么、不喜欢什么，也是对他人的一种尊重。

敢于拒绝是一种生活态度，更是一种自信、一种勇气、一种生活艺术。学会拒绝，或许我们的生活会少一分委屈、多一分自在。

（原载2021年5月13日《羊城晚报》）

"跳出"自己看自己

看朋友圈,见一位朋友的微信签名是"跳出"自己看自己,颇有意思。朋友说:"当局者迷,旁观者清。用这样一个签名是想提醒自己,想问题做事情要走出当局者迷的误区,更好地认识自己。"

朋友说这一个签名缘于他与孩子的一个故事。有一段时间,他总是站在自己的立场,用自己的惯有思维来批评教育孩子,认为自己所做的一切都是为了孩子好,说的做的自认为也是正确的。有一天,朋友在教育孩子时,孩子很委屈但很认真地说:"您能不能不要老是站在自己的立场上来看问题,能不能站在别人的角度来考虑一下?"童言无忌,朋友很吃惊。经过冷静思考,他试着站在孩子的角度来审视自己的言行，结果还真发现了不少问题，发现自己不但说话的方式有问题，说话的内容也有些不妥。

他说孩子的话让他很受启发，认为不但教育孩子要学会"跳出"自己，做其他事情也应该这样，换个位置和角度，也许能把事情做得更好。

我们看问题做事情，容易站在某一个局部来进行，习惯站在自身的立场，而忘了用全面的观点、站在全局的角度来思考，看问题做事情便会出现偏差，却不知问题出在哪里，甚至认为是别人有意抬杠，而实际上往往是因为没有跳出自己有限的知识圈子，没有跳出自己固有的惯性思维，没有跳出自己惯有的立场，看问题做事情便有所局限。

在生活中，我们往往看别人容易，看清自己难。我们能清楚地看到别人的不足，指出缺点错误，对自己存在的问题却找不全，看不准，当别人指出时，还有点难以接受。我们不要扮演掩耳盗铃者的角色，要多听听别人的意见和建议，有时自认事情是对的，但在旁人眼里就是个笑话。

有时候，我们会对某件事某个人带点偏见，一个重要原因也是因为没有"跳出"自己，没有站在全局的角度思考问题。化解偏见的一个重要方法是与人沟通，多与他人交换意见，当你在润物细无声的交流中接受了别人的观点，很可能上午的偏见在下午时就已经改变，而改变的原因或许就是因为你在不自觉中"跳出"了自己。

（原载2021年9月29日《内蒙古晨报》）

生活需要感动

与朋友聊起婚姻家庭经营的话题时，朋友说前不久她丈夫生日，她费了好大功夫想给他过一个有意义的生日，原以为丈夫会为她的这番精心准备感动，没想到生日会那天，她丈夫不但没感动，还数落了她一番，让她非常失望。

听了朋友的话，我在想，生活是需要感动的，有感动，人与人的相处会更和谐，生活会更美好。这位朋友精心准备生日会，是希望能感动丈夫，希望家庭生活更和谐，然而事与愿违，难免会伤心失落。这或许有两个原因，一是她精心准备的生日会不是她丈夫想要的，二是她丈夫为人不懂得感动。

生活中怎样才能有更多感动呢？首先

要能让人感动。这就要求我们弄清楚受众的心理和喜好,让自己先扮成受众,看能否让自己感动。如果自己都不能感动,估计也很难感动别人。其次是要懂得感动。如果对方不懂得感动,你再怎么精心准备,再用心,再怎么好,也不会感动对方。而一个不懂得感动的人,很可能是一个不懂得欣赏、感激、感恩的人。

这也让我想起了另外一位朋友的故事。他说喜欢写作,但写出的作品很难感动人。他问我有什么技巧,我说我也没什么技巧,但我懂得要想让读者感动,先要让自己感动的道理。如果自己都不能感动,自然也就很难感动读者。

白居易在《与元九书》中说:"感人心者,莫先乎情,莫始乎言,莫切乎声,莫深乎义。"写出的作品要想感动读者,首先就要考虑读者的心理,了解其喜好,要站在读者的立场,先让作者自己感动,然后才能与读者共情、共鸣。白居易很懂得这个道理,他诗稿写出来后,不但要让自己感动,还要先读给乡村老妪听。

感动是一种生活态度,是一种生活境界,更是一种生活艺术。人生在世,情感经营,做感动的事,懂得感动,生活会有更多感激、感恩,有更多正能量、更多美好。珍惜感动,学会怎样让人感动,生活就会有更多感动,人生也会更快乐。

(原载2021年6月23日《牡丹晚报》)

要把心动付诸行动

前不久,一位朋友的父亲生病住院,医生说他父亲的病如果早点来,开点药吃就可以了,不需要住院。朋友说,其实父亲去年身体有点不适时,他就想过要让父亲去医院做个全面体检,但父亲说不碍事,他也想等等看,结果去体检的想法没落实,病情一拖,就得住院。尽管父亲现在已经治好,但他十分后悔。他说心动更要行动,要把心动付诸行动。

朋友的话让我很受启发。心动更要行动,把心动付诸行动,不仅是一种生活态度,也是一种人生哲理。我们对一件事情常常是冥思苦想,有了很多好的想法,但在真正要将想法付诸行动时,或碍于面子,或有畏难情绪,或抱着侥幸心态,再等等，试试看，碰碰运气，结果把好的想法给搁置了。

在生活中，我们也常发现这样的情况，有人有很多好的想法，比如在年初就给自己定计划，读书、练字、跑步、减肥等，结果一年下来，想法也就是想想而已，从来不曾真正行动过；或也有行动过，但没几天就坚持不下去了，结果计划变空话。也有些人，心动更有行动，将想法一项项落实，自然而然，差距也就在这心动付诸行动中拉开了。

很多时候，我们有好想法，并非不想去实施，而是在犹豫，想再等等，但生活中很多事情是不能等也等不起的，往往在犹豫和等待中错失机会。比如孝敬父母，有想法就要去做，不能等等看，有空再说，因为孝敬父母是等不起的，也许等等就没机会了，以致留下终生的遗憾。

有句话说："莫等闲，白了少年头，空悲切。"心动更要行动，只有把心动付诸行动，好想法才能落地，也才不会留下"这事我早想到了，就是没有去做"的叹息，让我们的生活少些遗憾，多些欣喜。

（原载2021年6月4日《陕西农村报》）

各美其美

去朋友的陶瓷店,看到店里几件形状怪异的陶瓷品,忍不住对朋友说:"这么怪异的作品也会有人买吗?"没想到朋友说:"每一件作品都会有喜欢的买家。俗话说:萝卜青菜,各有所爱。你不喜欢,不代表别人也不喜欢。"

每一件陶瓷品都有喜欢的买家。我在想,生活中我们何尝不是这样呢?有时候,我们走在大街上,看到一对夫妻走过来,总觉得他们不般配,会在心里问:为什么这样一对不般配的人会走到一起?这就是朋友说的你不喜欢,不代表别人也不喜欢,你认为不行、看不上,不代表别人也这么想。

在生活中,有时候我们喜欢把自己的

喜好强加给别人，用自己的标准来要求别人。我们常常会看到这样的一些事例，一些父母在子女的事业和婚姻上强加干涉，要求子女按照他们的喜好和标准来选择，结果可能是事与愿违。我在想，为什么不在孩子"三观"正或不涉及底线原则的前提下，让孩子自己去选择，自己去追求呢？你喜欢的孩子不一定喜欢，你爱好的孩子不一定爱好，你的经历孩子也不一定适合，为啥一定要打着"我是过来人，我是为你好"的口号强硬干涉孩子的选择呢？

在亲朋好友之间，我们也常会碰到这种情况。朋友满心欢喜买回一件自己喜欢的衣服，你却用自己的喜好评头品足，一会儿说款式不行，一会儿说颜色不行，朋友美美的心情被你大打折扣。我在想，只要朋友的衣服不影响他人，为什么一定要用你的标准对其指责呢？

也许我们还遇到过这样的事情，朋友或者亲戚买了新房，邀请你去他家做客，结果你按自己的喜好来评论，说他不应该买这房，如果你早知道肯定不让他买，说什么方向不好，说什么有噪音……我在想，你为啥不先问问他的想法，就把你的喜好、你的标准强加给别人呢？也许他就喜欢这样的方向，对噪音也不在意，他就喜欢这样的房子。

各美其美，美美与共。在生活中，我们对待人，对待事，为啥就不能这样呢？你喜欢坐高铁，或许别人喜欢坐飞机，或许另外的人喜欢自驾，还有的人喜欢坐绿皮火车……只要能在预计的时间到达目的地，为什么一定要按照你的喜好来选择出行的交通方式呢?

如果我们都懂得各美其美,美美与共,懂得在欣赏自己认为的美的同时,也能包容欣赏别人认为的美,或许生活中就会少了很多矛盾,少了很多不愉快,我们的生活也会变得更加幸福快乐。

(原载2021年6月7日《长白山日报》)

笑着迎接每一天

周末,在公园晨练,中途休息时,碰到一位老朋友,看到他满脸微笑,于是问朋友:"一大早,就面带微笑,是不是有什么喜事要与我们分享?"朋友说:"我现在每天一起床就告诉自己,今天又是美好的一天,我要心情美美地笑着迎接每一天。"

笑着迎接每一天,朋友的话让我很受启发,也使我想起很多年前的一个故事。那时我大学刚毕业,在我租住的房子旁边住着一对夫妇,他们以卖豆腐营生,但每天我都能听到这对夫妇的欢歌笑语。我问他们是不是生意很好,他们笑着对我说:"生意不好也不坏,但营生肯定没问题,开心快乐跟生意好坏没关系,因为开心是一天,不开心也是一天,为啥不开开心心每一天？"

笑着迎接每一天，不仅是一种生活态度，也是一种生活智慧。遇到一点挫折，遇到一点不开心，就陷在里面爬不出来，整天愁眉苦脸，郁郁寡欢，对生活缺乏动力，会让我们身心不健康，影响工作和生活，长此以往，不但影响自己，还影响家人、朋友和同事，把这些负能量传播给他们。与其这样，不如以积极阳光的心态去对待人和事，以笑脸去面对生活。

微笑面对生活，还让我想起另外一位朋友的创业故事。他是一位大学老师，当初卖掉房子，顶住压力，辞职下海，但创业很不顺利，赔掉所有的钱，还欠了一大笔债。那时他万念俱灰，在江边散心时，心情始终低落。这时，一对情侣从他身边走过，大声地笑着说："太阳每天都是新的，人的心情每天也都是新的。"朋友说就是那灿烂的微笑，就是那句"太阳每天都是新的"开导了他，给了他力量，让他鼓起勇气面对现实，也才有了今天的成功。他并不认识那对情侣，但每当不开心时，他都会去江边散一散心，去找寻那份微笑，调节自己的心情。

我在想，只要你坚持每天笑对生活，生活也会笑对你。因此，不管前一天有多不开心，每天早上一起床，我们就应该像那位朋友一样告诉自己，今天又是美好的一天，笑着去迎接新的一天，这样我们的生活就会欢歌笑语，成功幸福也就会随之而来。

（原载2021年6月4日《广州日报》）

读写想（后记）

我曾读过一句座右铭"白天走干讲，晚上读写想"。我非常喜欢这句座右铭，于是也将其作为自己的座右铭，养成了一种在夜深人静的时候读书、思考、写作的习惯。每每静夜清晨，倚窗而立，望着繁华都市的霓虹灯，我会去记录整理生活中发生的点点滴滴，去记录身边让我感动的人和事，并写成文字。

我喜欢读书、思考，也喜欢写作，大学期间，便有"豆腐块"见诸报端，参加工作后，在比较顺利地完成本职工作之余，先后在《人民日报》《光明日报》《中国纪检监察报》《人民政协报》《文艺报》《中国青年报》《中国文化报》《中国教育报》《中国社会报》《中国环境报》《中国教师报》《南方日报》《羊城晚报》《湖南日报》《南方周末》《广州日报》《今晚报》《辽沈晚报》《内蒙古晨报》《广州文艺》《新湘评论》《南方》《演讲与口才》等全国100多家报刊公开发表稿件200余万字。先后获中国地市报好新闻一等奖、湖南新闻奖等省以上新闻奖14次,多次获副刊随笔奖、散文奖。文章被《文摘报》《散文选刊》《读者》《意林》《海外文摘》《小品文选刊》《语文报》《语文世界》《作文周刊》《文萃报》《思维与智慧》《华声文萃》等文摘类报刊转载或入选年度精选、读者丛书、学生课外读本,《听雨》《传递》《信任》《故乡的春笋》《又见木菊花》《母亲心中的路》《人生如点灯》《月下听鼾声》《故乡的冬天》《故乡的椪木》等20余篇文章被26个省(市、区)选作中考等语文试题现代文阅读题,数十篇文章被学习强国等平台转载选用。出版了《岁月未曾抵达》《烛光璀璨》《跋涉放歌》《怎样采写基层教育新闻》等几本小册子。

子规夜半犹啼血,不信东风唤不回。我在读读、想想、写写的耗费中,人到中年,白发日显其盛。但写作是思维的一种归宿,写作磨砺中的那些文字,让我感到极大的安慰,感到无比的喜悦,我也十分喜欢写作这种让自己静静思考的形式。

我的写作没有章法,只是真情实感的记录,努力去找寻生活中的真善美,给人以温暖,给人以力量,给人以美好,把心交给读者,把心奉献给读者。记录的过程其实也是修炼自己、教育自己、提升自己的过程。曾有朋友问我写作有什么技巧,我说没什么技巧,但我懂得要想让读者感动,先要让自己感动的道理。如果自己都不能感动,自然也就很难感动读者。正如白居易在《与元九书》中说:"感人心者,莫先乎情,莫始乎言,莫切乎声,莫深乎义。"文章千古事,得失寸心知。我的这些文稿都是在万籁俱寂的深夜完成的,也都是在报刊发表过的,在要不要结集出版时,我犹豫了很久,但在领导、朋友、亲人和出版社老师的多次鼓励和支持下,我鼓起勇气,诚惶诚恐端出这本书,可以说没有他们对我的关心帮助指导,就没有我的成长进步,也就没有我的这些文稿,就没有这本书。我的这些文章,如果哪怕有一篇或者有一小段能给读者带来一点点收获,我就很满足、很欣慰了。

思维的年轮是岁月的印迹。回顾自己走过的历程,风风雨雨、坎坎坷坷。我深深地知道自己每向前跨出一步,都得益于领导、老师及朋友们的关怀和帮助,每念及此,不禁涕零。我的这本集子能出版,要说感谢的话太多,要感谢的人太多,千万句感谢化成一句话,那就是要感谢这个伟大的时代,感谢所有关心我、支持我、帮助过我的亲人、领导、朋友和老师,谢谢了。

2021年11月18日凌晨于广州福恩里